女優M子

宮城まり子と吉行淳之介

吉川良

目次

＊本書に登場する人名は、一部、仮名を用いています。

プロローグ

２０２０年、２月24日、私の誕生日。

83歳、びっくりだ。


ぽつりぽつりと咲きはじめて、朝の光を浴びている庭の梅の花を部屋から眺めた。

梅の花から目を離せないでいるうち、どこからか、誰かから、

「ゲームセット」

という声が聞こえてくる。

私はゆっくりと息を吐き、今の声はどこからでもなく、誰かからでもなく、

「人生、もう、ゲームセットだなあ」

という自分の声だったぞ、と意識しながら、何年か前の夜おそくに、静岡県掛川市のねむの木村の宮城まり子と長い電話をしていて、そのとき彼女が、

「ときどきね、もうゲームセットだなあって、そう思って、ねむの木の子供たちが描く絵のように、わたしも、ゲームセットという題名の絵を描きたいなって思うのよ」

と言ったのを思いだした。


夜には娘や孫たちも集まって、誕生日祝いをしてくれるのだが、私は私としての祝いの日だと理屈をつけて、昼なのにビールを飲み、そうそう、昔、佐藤しのぶというオペラ歌手が、「自分の誕生日がその人の母の日だ」と新聞で言っているのを読み、そのとおりだなと感心したことがよみがえってきた。


98歳で旅立ったおふくろは、96歳のころから、月に二度か三度、老人ホームへ会いに来る私をじいっと見て、

「見たことあるなぁ、この人、見たことあるなぁ」

と言いはじめた。

テーブルをはさんで、私をしっかりと見て「見たことあるなぁ」と、おふくろが初めて言った日、帰りのバス停のベンチに座って、泣いたらいいのか、笑ったらいいのか、人生は思いも寄らないことになるもんだなぁ、と不思議な感覚でバスを待ってい

たのを忘れられない。

おふくろの声まで思いだそうとしていると、おやじの声も思いだしたくなったが、声というのはなかなか思いだせないでいるうち、自分の誕生日が母の日という感じ方なら、自分の誕生日が父の日ということにもなるよねと、私は考えた。

十歳で故郷の薬店へ奉公に出され、東京へ出て医薬品問屋を営んだ父は、68歳で死ぬまで、怠けずに働きとおしの人生。東京へ出て医薬品問屋を営んだ父は、東大病院で息を引きとった。安田講堂を占拠した学生排除で、１９６９年2月20日の明け方、東大に機動隊が入ったのは、その前月である。

東京の神田で医薬品の問屋を始めて、一生のあいだ病院で頭を下げ続けた父が、私が高校生のとき、

「医学部へ行かないか」

と、何度か遠慮がちに言ってきたことがあった。長男も次男もアウト。頼みは三男の私。

「なんとか行けないか」

その、申し訳なさそうな口ぶりを、私はずっと覚えていて、父が、医師に土下座をするようにして商売をしてきたから、息子を医師にして、少しは鬱憤を晴らそうとしたのでは、という思いをみつめたこともあった。

「数学がダメだから、無理」

と返事をしたときの、

「そうか」

父の落胆した呟きが私には残ったが、医学部どころか大学受験にもさっぱり興味を持てない私に、

「頭で生きる奴は頭で生きればいい。そうでない奴は、体を使って生きればいい。ただし、人一倍だ。人間ははたらき者と怠け者がいる。怠け者はダメだ。はたらき者なら人間だ」

と、言った父の言葉が、ずっと私に残っている。

83歳の誕生日を「母の日」と「父の日」にしたことが、私の思い出の旅に出るきっかけになったのかもしれない。

2020年1月15日、国内で初めて新型コロナウイルスの感染者を確認。中国・武漢から帰国後に肺炎の症状が出ていた。

1月29日、武漢から206人の日本人がチャーター機で帰国。

2月5日、横浜港沖に停泊中のダイヤモンド・プリンセス号で10人感染と発表。

2月13日、新型コロナウイルス感染症で国内初の死者を確認。

2月26日、政府は2週間のスポーツ文化関連のイベントの自粛を呼びかけ。

3月11日、世界保健機構（WHO）がパンデミックと認定。


私は人生の大半、土曜日と日曜日は競馬場かウインズ（場外馬券発売所）で過ごしてきたので、無観客競馬とウインズ休止はショックだった。もうひとつのショックは、感染防止からステイホームが常識、気ままに酒場は許されない。

言ってしまえば、酒場で冗談をとばして元気、というのが私の人生だった。酒を飲まないと眠れないというのもつらい。

そうか、ひとり酒はさびしいけれど、夜11時ごろから深夜1時か2時ごろまで、自分の家のひと部屋を、酒場と思うことにしよう。

ひとり酒がつらくなったら、誰かゲストを呼んだつもりになれば、会話もできるし、ゲストは死者でもいいわけだ。

その酒場に名前をつけようと思ったら、すぐに決まった。バー「たらればー」。「たられバー」でもいいけれど。長いこと馬券をやっている人生、つまり、たらればの人生だし、馬券をやっていないとしても、人生はたいてい、たらればだろう。

音楽がほしければ、ピアノでもギターでも、演歌でもシャンソンでも、どうにでも選べる。


83歳の誕生日に「ゲームセット」の声といっしょに、宮城まり子を思いだしてからしばらく経った3月21日、宮城まり子の死を知った。バー「たらればー」でウイスキーを注いだグラスを、掛川市のねむの木村に向けて、

「宮城まり子、93歳」

と、しばらく目をつぶった。

ここ数年は会えていなかったが、数年前までは、電話での会話はずいぶんとしていた。たいてい、夜の遅い時間の長電話だった。

「淳ちゃんが死んでしまったあと、ああ、これで、わたし、この世界で、ふたりきり、淳ちゃんとふたりきりで生きるのね。そう思ったの」

吉行淳之介を語る宮城まり子の声が、先ず聞こえてくる。

「弟の八郎ちゃんが自動車事故で死んだと知ったとき、パリのホテルのまわりを歩き回ったの。ハイヒールの石畳の音、何年たっても聞こえてくる。

ひとりになった。わたし、ひとりになった、ってじいっとパリの空をにらんでいたとき、淳之介さんから手紙がきたの。

早く帰っておいで、って。

わたし、ひとりじゃない、って思った。わかる？　リョウさん」

宮城まり子は、私をリョウさんと呼んでいた。

「わたしね、リョウさんと初めて会ったとき、ほら、野球の選手が紙ヒコーキでチップをとばして、リョウさんの仕草を淳之介さんがマネをしたという話をしたでしょ？　あの話、何度も何度も、ほんとうに何度も思いだして、あれからわたしも、その仲間に入れてもらって、わたしまで、その仕草をするの、ひとりで。

リョウさん、わたしのおねがいなんだけど、その、イヤだなあという仕草の話、ちゃんと書いてほしいなあ」

という声も、よみがえってきた。

バー「たられば」で私は、

「書いてみよう。宮城まり子さん、ありがとう」

もう一度、グラスを遠くへ向けた。

仏像

私は20歳のとき、赤坂の一ツ木通りにあった酒場でバーテンダーをしていた。今の赤坂はネオンの森だけど、昭和30年代前半のこと、日暮れると暗くて人通りも少なく、冬の夜など寂しい景色だった。

そのころ、何を考えていたのだろう。4畳半のアパートの部屋代と自分の餌代を稼ぐのに精いっぱいで、何も願ってなんかいなかったな。楽しみは、本を読むことだった。

おれの人生、ろくなもんじゃない、という意識はひきずっていたかも。受験勉強から逃げて、世間の常識から逃げて、この先、ほかの奴らみたいに、ちゃんと生きていかれるのか。不安をかかえて、泣きだしそうな気分で電車の吊り革につかまっていることもあったなあ。

その赤坂の酒場、入るとすぐに8人は座れるカウンターで、奥のフロアにはテーブルが6つ。

いつも早い時間に、ふたりで会う客がいた。40代の出版社の人と30代の小説家。奥へは行かず、カウンターの隅で小一時間、静かにのんで、ときどき笑って、あっさりと出て行く。

洗いたてとでもいうのか、においや癖を感じさせずに、柔らかな表情を裏切るみたいな低い声の小説家は、吉行淳之介。その風情が、ほかの客の誰とも異質だな、と思わせた。

作家というのを間近に見るのは二度目だった。最初は三島由紀夫。

石原慎太郎の小説『太陽の季節』が世間を騒がせたのは昭和30年。その年に私は高校を卒業し、入学したばかりの大学をやめようか続けようかと迷っていた。とりあえずバイトでもしながら考えようかと、銀座の並木通りにあった名曲喫茶「らむぶる」でウエイターをした。

「らむぶる」は、いつでもチャイコフスキーやモーツァルトやヴィヴァルディなどの曲が流れている。レジの上方の壁に大きな黒板があり、その日の演奏曲目が書きこまれていた。

クラシック曲に浸ろうとして来る客が多かったので、雑音はダメ。たいていの客はソファに背を沈め、目を閉じて旋律に酔っている。なかにはテーブルに演奏中の曲の楽譜を広げ、持参した指揮棒を手にして指揮者になりきっている常連の老人もいた。その老人には、いわば指定席のようなものがあり、曲が始まる直前、白いワイシャツに黒い蝶ネクタイを結ぶのだった。


昼下がり、角刈り頭で青いポロシャツの男が、白髪の男と入ってきて、私はドキッとした。青いポロシャツの男が、有名な作家の三島由紀夫だったからだ。

私の義兄が文学好きで、三島由紀夫の本を本棚に並べている。遊びに行って何度も、本の始めにある写真の三島由紀夫を見ていた。

「読んでみろ」

義兄に言われ『日曜日』という短編を読んだばかり。どうして小説家というのは、こんなふうに人間のことがわかるような文章で表現できるのだろう、凄い、と思ったのが最近のことだった。

小さな階段を上がってすぐの席に注文を聞きに行き、有名な作家の声を耳にして、コーヒーを運んだ私は、かなり緊張していた。

少し時間が過ぎるうち、

「困ったな」

と先輩ウエイターが、口で言わずに顔で私に伝えた。

「ほんと、困りますよね」

私も顔で答える。

白髪の男と会話をする三島由紀夫の太い声が、シンフォニーに没頭している周囲の客を、まるで意に介していない。白髪の男の声は聞こえないのだが、

「そうなの？　しかし、それ、捨てがたいじゃないか」

と三島由紀夫の声が響き、おまけに、カ、カ、カと高笑いが連発され、

「あの人、なんとかしてくれないか」

という視線が店内に交錯した。

「言ってこい」

陰に呼ばれて私は、先輩から耳うちされ、すぐに動けずにいると、

「行け」

先輩ウエイターは言葉ではなく、眼力で私を殴った。

行くしかない。

「申しわけありません。お声を少し、低くしていただけないでしょうか」

と三島由紀夫には言えず、白髪の男に小声で頼んだ。

「わかった」

返事をしたのは三島由紀夫だった。


それから少しして三島由紀夫が腰をあげ、先輩ウエイターがレジへと動く。

白髪の男が支払いをするあいだ、流れている旋律に気を留めたように宙を見ていた三島由紀夫を、少し離れて私は見ていた。

ふと、三島由紀夫が私を見た。目が合った。三島由紀夫はにっこりとし、私に向かって兵隊のような敬礼をし、また笑みを浮かべて「らむぶる」を出て行った。

「君にはすまないことをした」

三島由紀夫は敬礼で、そう言ってくれたのだと受けとって、満足。

そのことがあってから、私は三島由紀夫の本を買い『花ざかりの森』や『獅子』や『真夏の死』などを読んだが、吉行淳之介の『薔薇販売人』や『驟雨』や『原色の街』のほうが自分の性質に合って面白くて、三島党より吉行党だなと思ったりした。それに奇跡的にも、吉行淳之介に会ってしまったのだから。

吉行淳之介にも風圧はあったが、内部に光を隠して、三島由紀夫とは色とか音が違っていた。私にはときどき、吉行淳之介が仏像のように見えていた。

紙ヒコーキ

その夜、めずらしく吉行淳之介がひとりでカウンターにいた。いつもは早い時間の客なのに、もう午前零時近い。

奥のフロアを数人のプロ野球選手と仲間たちが占領していて、カウンターには吉行淳之介しかいなかった。


「マスターから聞いたけど、君、劇団にいたらしいね。どうしてやめたの?」

大学をやめたころ、文化座という劇団の研究生になったことがあった。

「演技実習の稽古で誰かとセリフを交わすとき、わけわからずテレるんです。ほとんど病的にテレるんです。役者になるのは無理。それで劇団を逃げだしました」

「逃げたか」

「大学も逃げだし、劇団も逃げだし、そのうちこの世からも逃げだしそうです」

吉行淳之介が顔をあげて聞いていてくれたので、私は続けた。

「そのあと消火ホースを作るゴム工場で働いたけど、労働がきつくて逃げだした。逃げだすのだけを救いにして生きてるみたいです」

「それでもいいのさ。生き抜こう」

吉行淳之介と会話をするのは初めてだったので、しあわせだった。


突然のように奥のフロアがにぎやかになった。女たちがキャッキャと騒ぐ。野球選手たちが千円札で飛行機を作り、天井へ飛ばすと、紙ヒコーキが旋回して落ちる。墜落する飛行機が身体に当たった女が、そのチップをもらえるらしい。チップはありがたいけれど、そんなことはやめてくれよ。私はカウンターの中で、誰にも気づかれぬように、小さく首を振った。それで野球選手たちへの嫌悪感を消したつもりだった。

ところが少しあとで吉行淳之介が、小さく首を振った私の真似をした。見られていた。それがうれしかった。吉行淳之介と、嫌悪感で通じあえたと思ったのだ。

それからというもの、吉行淳之介は店に来て私を見ると、挨拶がわりに嫌悪感の首ふりの仕草をして笑うのだった。

私は41歳のとき『自分の戦場』という作品で、すばる文学賞をもらった。森瑤子の『情事』と同時受賞だった。

授賞式は九段のホテルグランドパレス。そのとき医薬品問屋の社員であった私は、たまたまなのだが、そのホテルの近くの病院へ床ずれマットを売り込みにいく仕事があり、医師や看護師長にペコペコと頭を下げ、神田の会社へ戻ってジャンパーから背広に着がえてグランドパレスへ急いだのだった。

賞状の授与やスピーチが終わり、パーティの始まり。皿を左手に森瑤子と料理を取りに行く。私はあがっていて目につくものを皿にのせるのだが、「おいしそう」とか「これ、きらいなの」とか、森瑤子は余裕たっぷり。

「ああ、こういう人にはかなわない」

そのとき、そう感じたように、その後、森瑤子の作品は売れまくり、私のは売れなかった。

売れる作家と売れない作家だったが、私と森瑤子は仲良しで、六本木や青山のバーでよくのんだ。

20歳のころの、吉行淳之介との時間を話したときの、森瑤子の顔は忘れられない。

「よしゆきじゅんのすけ」

とつぶやいた彼女は、しばらく黙ってテーブルに目をおとしていながら、

「吉行淳之介と思い出があるなんてすばらしい」

とひとりごとのように言った。

嫌悪感の共有。その吉行淳之介との思い出は、思い出という感情をこえて、私の身心に刻み込まれたようだった。


それからの生活、ちゃんと生きていかれるのかという不安。すぐに逃げだそうとする性質。ねたみやひがみや、ひねくれるのと紙一重の努力。そんな歳月の流れのなかで、その嫌悪感の共有が武器になって私を守ってくれたようだった。


文学賞をもらってからいくつかのパーティに行くと、吉行淳之介がいることもあった。

しかし、挨拶をしてもおかしくない距離にいても、あの一ツ木通りのバーテンです

と名乗れなかった。
どうして名乗れなかったか、恐れ多いという心理もあったろう。名乗れるほどの作品を書いていないという卑屈さもあったろうが、名乗れば、嫌悪感の共有が変質し、私の武器でなくなってしまうのではないかという気がしたのも確かだ。

芥川賞候補に三度なった。吉行淳之介は選考委員だから、私の作品に目を通してくれたにちがいない。そう思うと、なんだかめちゃくちゃに恥ずかしくなり、名乗るどころではなくなったということもある。

１９９４年、70歳で吉行淳之介が死去。
57歳になっていた私は、バーテンダーをしていた20歳ごろの自分が、カウンターごしに吉行淳之介を、白っぽい顔の仏像だ、と感じた時間をはっきりと思いだし、宙へ合掌した。そうして次に、首を少し振ってみた。

画集

『PHP』という小型の月刊誌に「ヒューマン・ドキュメント」という連載ページがあり、30年近く、100人以上を取材して書いてきた。

その流れで、宮城まり子を訪ねる仕事がきた。2006年1月のことで、前年に私は、心筋梗塞に襲われて死にかけたりしたので、吉行淳之介と縁の深い宮城まり子に会わせてやろうかと、神さまが気をつかってくれたような気がした。

姉が日比谷の芸術座の芝居を欠かさずに観ていて、私も誘われて『まり子自叙伝』の宮城まり子や、日劇だったかで、兄といっしょに『ガード下の靴みがき』を歌う宮城まり子を見ている。

宮城まり子に会う。あらためて意識すると、マジックで「金山康喜《かなやまやすき》画集」と書いたハガキホルダーを机に置いた。

私の楽しみに、古本屋街で安価になった美術雑誌を買い、好きな画家の絵を切り抜いてハガキに貼り、それをハガキホルダーに収める「おれの画集」づくりがある。


金山康喜（１９２６－１９５９）は、１９５１年に経済学を学ぶために留学したフランスで、以前から惹かれていた絵画制作にのめりこんだ。具象、半具象、抽象といったさまざまな画風が熱気を帯びて展開しつつあった１９５０年代のフランス画壇で新鮮な具象画が注目を浴びながらも、１９５９年に33歳で急逝している。

『アイロンのある静物』『食前の祈り』『コーヒーミルのある静物』と、金山康喜の絵を見ている。瓶やカップや電球が呼吸をしているようで、椅子に腰かけている人間が道具のようで、青を基調にしたひとつの世界に、私は泣きたくなるような共感を抱く。


宮城まり子の文章で、彼女が偶然に画廊で金山康喜の絵に強く惹かれたのを知り、私は、宮城まり子と仲間だと思った。

その文章で、吉行淳之介が宮城まり子に、金山康喜の絵を買って届けたことが書いてある。

『いや、なぜだろうね、この絵に惹かれてね、思わず買ったんだよ。きみのところに置いといてください』

と吉行淳之介は言うのだった。

『うれしさとおそろしさで、体中が総毛だち、もうこの人と離れられない、神さまが似ている者同士、逢わせてくださった』

と宮城まり子は書いている。


その文章を読んだとき、プロ野球選手が千円札のヒコーキをチップで飛ばしたことへの、吉行淳之介と私の嫌悪の共有を思いだし、宮城まり子とも、金山康喜の絵を通して、何かを共有しているかもしれないと、そう感じた。

そのことが、その後の私にまた、不思議な出来事としてつながった。


私の義弟のミノルは、1945年の敗戦直後、満員電車の窓辺で浴びた直射日光が原因か、脳性マヒの人生になってしまった。

ミノルとのつきあいのなかで、私があたりまえにできることが、ミノルにはあたりまえでないということを、ずいぶん考えさせられる。あたりまえのことがあたりまえでなかったら、私が普通に見えていることが、ミノルには違う形に見えているのではないか、ということも、ずいぶん考える。そうしてそのことがきっかけとなって、ねむの木学園の子供たちの絵や絵ハガキを、ハガキホルダーに集めて「ねむの木画集」を作ったりした。

不思議が起きた。ライオンや象や木立ちが描かれた、ほんめつとむの『動物園』という絵。赤いポピーが咲いている広場の空に小さな黄色い雲と大きな雲を描いた、わたなべとしおの『きいろい雲』。無数の黄色い帽子の中に人がふたりいる、やましたゆみこの『黄色の帽子』など、見ているうちになんだかうれしくなりながら、どうしてうれしくなるのだろうと考えるうち「おいっ！」と私は自分に、ねむの木の子供たちの絵と、金山康喜の絵は、同じ画集に集めてもいいんじゃないか？　私にはほとんど、つながっている絵だと感じたのだった。

宮城まり子に会ったら、金山康喜とねむの木の子たちの絵のつながりを話してみたかった。

宮城まり子と会うことを、ベンさんに知らせるべきだと私は思った。

わたなべとしお

「きいろい雲」

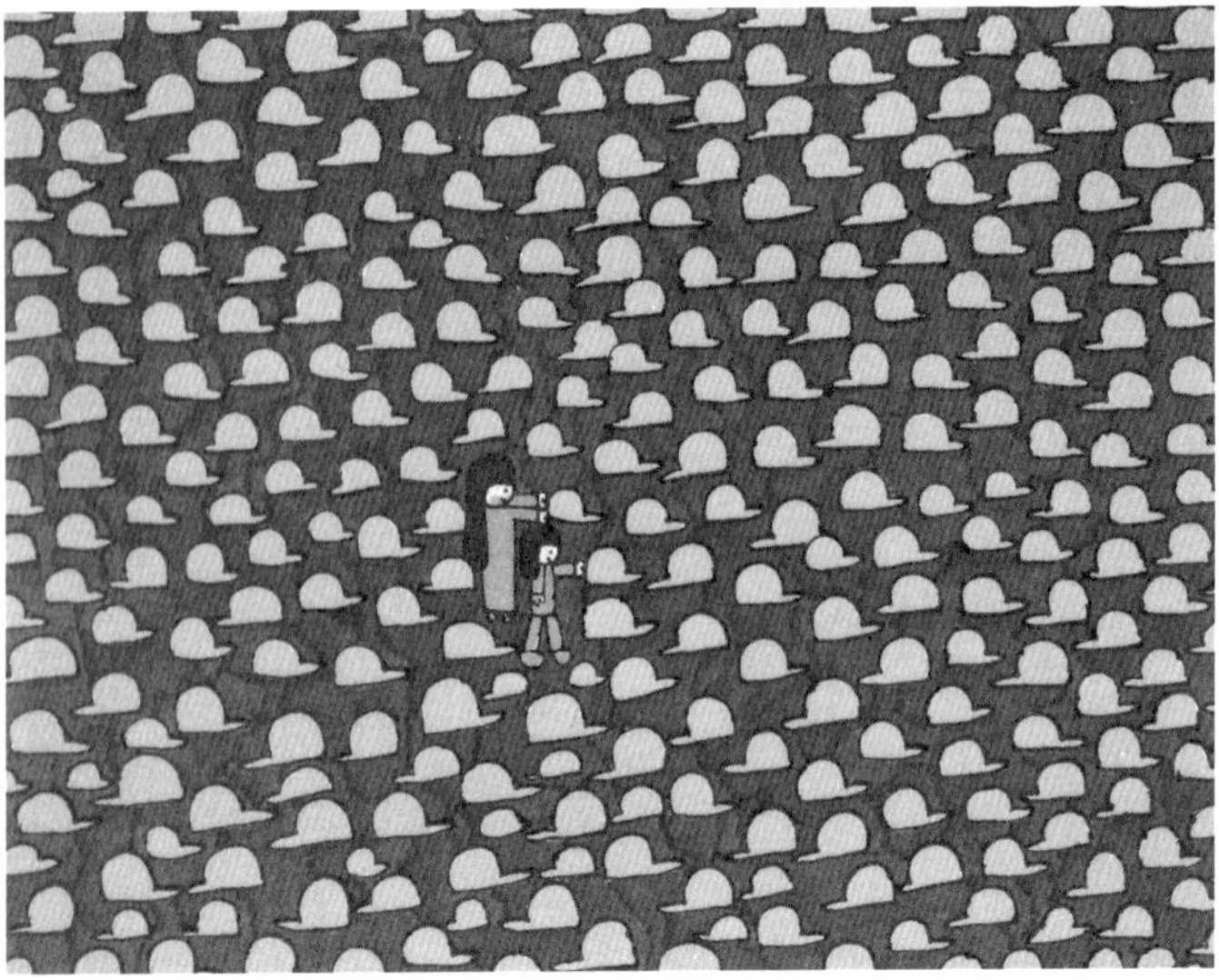

やましたゆみこ

「黄色の帽子」

ほんめつとむ

「動物園」

ベンさん

ベンさんというのは、当時40歳くらいの大工。私の家がリフォーム工事をしたとき、クボさんという年配の大工とコンビで来ていた。

ある日、ベンさんがいなかった日の午後3時のお茶の時間、

「あいつは変人」

クボさんがベンさんのことを言った。

「夜とか休みの日には、あいつ、本ばかり読んでるんだ。家で酒のんでるときも。本が酒のつまみだね。

それも、吉行淳之介という人の本ばかり。ほかの本には用がないって」

「それは、たしかに変だ」

と私は、釘を打っている痩せたベンさんを目に浮かべた。

吉行淳之介を好きな大工がいる。それも、吉行しか読まないという大工。私にとっては、奇跡の出来事といえる。

確かめたくて、クボさんのいないある日の夕方、仕事のキリをつけてタバコを吸っているベンさんに、

「吉行が好きなんだって?」

と声をかけた。

「クボちゃんが言ったな。ときどき余計なことを言うんだ、あのじじい」

「吉行しか読まないって」

「おれの頭じゃ、いろいろ読めないよ。吉行が面白いから、それだけでいいやって」

ベンさんは道具を片づけ、

「最近、古本屋で」

と言いかけて笑った。

私は話を聞きたい。

「古本屋で、どしたの?」

「藤沢の古本屋には、よく寄るのよ。吉行の本があると買うもんだから、おやじに、

集めてるのかって聞かれた。

まあな、とかナマ返事してたら、かなりそろったよ、ネットってのは凄いなあ、とか言っちゃって、山と積まれた吉行の本を見せられたわけ。

知らなかった本もいっぱいあるし、初版本もかなりあるし、何十万だべと思いながら、全部でいくらって聞いたら、9万5千円って言うんだ。

悪い女にひっかかったことにするか、って買った。

うーん、買ったはいいけど、あとが大変。そんな無駄づかいって、おふくろ、うるさいからね。車に積んどいて、おふくろの留守を狙って、おれの部屋の押し入れに隠した」

「その本たちに会いたいねえ」

私は言い、何日かした師走の晩、バスに30分ほど乗ってベンさんの家へ行った。けっこう広い庭のある家の、2階の六畳間がベンさんの部屋だった。何はともあれ、吉行の本、と押し入れに顔を突っ込み、

「こいつはお見事!」

と声をあげたが、押し入れの壁に立てかけてある絵もちらっと見えて、

「出して見せてよ」

私はうれしくなっていた。

女優M子

絵が出てきた。キャンバスではなく、物入れの板戸に描いた絵で、囲んでいる枠が額縁に見え、取っ手の小さなへこみが、色で塗りつぶされている。油彩で、ヨコ55センチ、タテ60センチといったところか。

「誰の絵?」

「おれ」

「ベンさんが描いたの?」

「はずかしながら」

「やるなあ。やるもんだ。吉行の本もだけど、この絵もたまげた」

「はずかしいよ。はずかしい」

ベンさんは太い指でおでこをこすった。

黒と緑が溶けあっているような背景。闇に、ほのかなオレンジ色の女の顔が描かれ、目鼻立ちが十字架になっている。

「女優M子。絵のタイトル、女優M子」

ベンさんがしっかり言った。

「女優M子？」

言って私は、

「女優M子って、ひょっとして宮城まり子？」

ベンさんは驚いたのか、一瞬ひきつったような顔になって、

「誰でもいいや」

と、押し入れの中に顔をつっこんで紙袋を取りだした。


紙袋には20枚ぐらいの「ねむの木学園」の子供たちの絵ハガキが入っていたので、私は息をのんだように黙った。

私もねむの木の子たちのポストカードを持っているとは言わずに、

「たまげた」

とつぶやいた。

「だいぶ昔だけどね、デパートで、ねむの木の子たちの展覧会を見て、感激しちゃっ

てさ、映画も見に行った。

どこだったかなあ、展覧会で、宮城まり子もいたんだ。白いロングドレスを着た宮城まり子を見た。

吉行淳之介が惚れた女だよなあって思って、穴のあくほど見させてもらったわ。

それもあったけど、この人がいたから、ねむの木の子たちが絵を描いたんだって、なんかね、人間の女っていうよりも、別の生き物に見えてきたんだな、おれには。

でね、おれも、ねむの木の子たちの絵に感激しちゃって、絵を描いてみるかって。

それで女優M子を描いた」

「どうして女優M子なの？　宮城まり子じゃなくて」

「よくわからないけど、白いドレスを着て、演技してないけど、おれには女優M子っていう感じだったよ」

とベンさんはポストカードを袋に戻し、

「ほかの絵も見せてよ」

という私に、

「ほかになんかないよ。これだけ」

笑いかえし、絵も押し入れに戻して階下から缶ビールを持ってきた。

「おれね、ガキのころ、自分で言うのもなんだけど、絵がうまかったんだ。大工の子だけど、絵が得意で、小学校5年のころにはピカソになりたいってね。で、中学のころ、画家になりたいって言ったら、なに寝言を言ってるんだって、おやじもおふくろも相手にしてくれない。おまえみたいな奴は勉強なんか無駄だって、工業高校出てすぐに川崎の大工の親方に預けられたんだよ。

どうしても画家になりたきゃ、親方のところも飛びだしたんだろうけど、そこまでの意気地もない。大工で食えるようになったら、女とヤルことしか考えなくなっちゃった。

だもんで、絵を描きたいって思うと惨めになる。これひとつ、女優M子だけ、間違って必死に描いた。まさか、人に見られるとはねえ」

缶ビールで乾杯の仕草をしたベンさんに、

「吉行を好きになったきっかけは？」

と私は聞いた。

「それ、おれの昔のこと、いろいろと言わなくちゃならねえ」

へへ、ひひひ、ふふっとベンさんは、ごまかすみたいな笑いかたをして、

「面倒」

とつぶやいた。

その夜、ベンさんの家から帰って、絵の『女優M子』を思いだしながら、吉行淳之介の本を集め、吉行しか読まない大工がいるなんて言ったって、作り話だろうって信じてもらえないだろうと思った。起きそうもないことが起きた。だから人生はおもしろい。

コップ酒

それから数日後の晩、翌日が仕事休みのベンさんを誘って、藤沢駅に近い居酒屋で会った。どうしてベンさんが吉行を読むようになったのか、それを知りたくて仕方なかった。

「考えてみると、おれ、行きつけの飲み屋もないし、友だちってのもいないし、砂漠にいるようなもんだよな。

生活を変えようか、砂漠からほかへ行ってみるかって思うこともないわけじゃないけど、面倒。なにもかも面倒。

大工もね、毎日、大工なんかやってたくねえって、そう思いながらやってる」

「面倒でも、大工、やってる」

と私が笑い、

「大工やってないと、食えないから」

とベンさんも笑い、

「クソッ。それをやってないと食えないっての、嫌なもんだなあ」

しかめっ面になってコップ酒をのんだ。


『女優M子』という絵が私にちらつく。それを描いている途中の、絵と向きあっているベンさんを想像する。部屋の壁に寄りかかって、足を投げだし、吉行淳之介を読んでいるベンさんを想像する。電動ノコギリで材木を切ったり、天井板をはめこんだりしているベンさんもよぎる。


「てめえのことなんか、誰にも喋りたくねえけど、変なおっさんにだけは、喋ってもいいかなって気もする。面倒だけど、そんな気もするよ」

酔ってきたベンさんがタバコの煙をテーブルに吐いてぶつけ、

「変なおっさんだなあ」

私をちらっと見る。

「光栄だ。うれしいね」

私は、酒のコップをベンさんのコップにコツン。そこは小さな座敷で、まわりに客はいなかった。

「今、サクラって娘が中2で、マサシって息子が中1。サクラが2歳で、マサシが初めての誕生日だったころ、ふたりを産んだ女が、けろっと消えちゃったんだ。死んだんじゃなくて、どこかへ行っちゃった、赤ん坊、捨てて。アハハ、おれも捨てられたんだな。

おれの母親、ユリコさんに育ててもらうしかない。おやじ、父親のヨシオさんも、腹立ってるけど仕方なく、ユリコさんを手伝った。

おれは大工で稼ぐしかない。でもさみしくて、サクラが小学校4年のころ、やさしい女とデキちゃって、子供が生まれた。男の子で、名前はゴーってつけた。豪傑の、ゴー。

やさしい女の名前はレイコ。籍入れて、3人の母親やるってがんばってたけど、サクラがレイコになつかなくて、おれも困り抜いてさ、結局、ユリコさんやヨシオさんの気持ちも絡んで、レイコと別れた。

レイコとゴーに金を送ってるから、大工が嫌だなんて言ってられない。

事情を知ってる職人仲間は、おれのこと、バツ2のエロ大工なんて言ってる。アハハ、たいしたもんだ。
ゴーたちは近くに住んでいて、ちょこちょこ遊びに来るよ。サクラやマサシと仲がいいんだ。ゴーの母親、つまり上品に言うと、別れた2度目の妻のレイコは詩なんか書く女で、詩集を何冊も持ってた。

『吉行理恵詩集』っての、ためしに読んだ。おれが詩集を読むなんて、パンツはいたままクソしちゃうようなもんだって思ったけど、その詩の中の何行か、おれ、気に入っちゃってさ、歌の文句を覚えるみたいに覚えちゃったから、今だって言える。

言ってみようか」

「聞きたい」

『目の前はまっしろです
それというのも
貧血を
わたしがおこしていることに
誰も気づいてくれないから』

そこでベンさんは溜め息をついたあと、
『そして倒れてしまうなんて
私にはできません
人のお世話になることが
なんとなく
きらいだから』
そう続け、
「なんだよ、これ、おれのことを詩にしてやがる。と思ったんだなあ。で、覚えてやれ、って暗記した。学校へ行ってたとき、暗記なんてしたことなかったのに、人生で初めての暗記」
とベンさんはタバコに火をつけて、思いっきり遠くへ煙をとばした。
「レイコがね、吉行理恵という詩人の兄さんは、吉行淳之介という作家でと教えてくれて、吉行淳之介の小説集を持っていて、読んでみなさいよと貸してくれたの。だけど本なんか、小説なんか読んだことなかったから、読んだふりして返すかって、一応借りた。

なんかなあ、間違っちゃったみたいに、『薔薇販売人』というのを読んだら、わけわからないけどドキドキして、それで、『原色の街』というのを読んで、ハマった」

「ハマったんだ」

「ほんと、ハマった。普通はこうするとか、普通はこう考えるとかいうのができないおれが、吉行という人の本は救ってくれるみたいな気がした。

吉行の本って、おれみたいな、普通が苦手な奴を励ましてくれるような気がしたんだ。

おれ、そういうこと、初めてだった。

あのさ、変なおっさん、聞いてくれるか」

「聞いてる」

「赤ん坊を、ふたり置きっぱなしにした女を、そりゃ、とんでもねえぞって呆れたけど、おれ、恨んでなくて、あの女もおれと同じ、普通になれなかったのかなあって、愛情ってのか、変なものが、あるんだよな。

そんなエロ大工の、なんつうか、ジュンスイって言いたいとこ、吉行淳之介のいろいろな言葉が、おれにとっては、やさしい言葉なんだよ」

と、ベンさんが必死のように言うのを、私も必死のように聞きながら、

「あの絵、女優M子に、ベンさんは、何を込めようとしたの？」

質問すると、

「知らねえ。なんだか知らねえ」

とベンさんは言った。

みなしご

あくる日、二日酔いで何も考えたくなかったけれど、こまぎれに、昨夜のベンさんが浮かんできた。

自分の子供がいらなくなる。ベンさんのことが嫌になっちゃったのかな？　だとしても、赤ん坊を捨てられるかなあ。ひとことで答えるってことにすると、どういう女なのかな？　と、そんなようなことを私はベンさんに聞いた。

「男好き、かな」

と返事をしたベンさんは、自信のなさそうな顔つきだった。

「ガソリンスタンドで働いてたんだ、彼女。娼婦みたいな女だな、と思った、最初。そういうの、おれ、タイプだったし」

そう言って、ベンさん、ひひっと笑ったな。

「まだつきあう前に、彼女に聞かれたんだ。みなしごでしょう？　なんか、みなしご、って感じがする、っていきなりそう言われたんだよ。で、おれ、この女とやりてえなあって思ってたから、おれのこと気にしてるんだ、ってうれしかった。みなしごって言われて、おれのことを認めてくれてるような気がしたんだよな」

とベンさんは言っていた。


昨夜の記憶の断片を集めているうちに、宮城まり子の著書にある、ひとつのやりとりを思いだした私は、何かを発見したような気分になった。


『僕は孤児だったんだぞ』

吉行淳之介が言うと、

『なんだかえばってんのねえ、どうして？』

宮城まり子が訊く。

『父親はあまり家にはいなかったんだ。母親は仕事が忙しくてね。母親の店の女の子と遊ぶのも飽きて、塀を伝って屋根にのぼって屋根から通る人を見てた。ときどき葉っぱや木の枝を投げたりしてね。屋根の上は面白かったよ。聞いた話だけど、父に遇いに井伏鱒二さんが家にみえ、一人でブランコに乗っている僕を見かけたらしい。〝昔、市ヶ谷のエイスケのところに遊びに行ったら、幼稚園くらいの子供が一人でブランコに乗っていた。あの子がいまの淳之介なんだ〟って言われたそうだけど、僕は一人遊びする子だったんだよ』

そうか、ベンさんが吉行の小説を面白いと感じるわけがわかったような気がした。吉行淳之介は垢抜けた孤児で、ベンさんは汗くさい孤児なのかも。そんなふうに、私は自分に喋っていた。


「女優M子に、会うぞ」

と、ベンさんに電話をした。

「なにそれ?」

「雑誌の取材で、宮城まり子と会う」

「有名人に会えるなんて、ラッキーだなあ」

とベンさんは言った。

「絵の話、女優M子の絵の話、してみようか?」

私が聞くと、

「やめなよ。してもしょうがないじゃない」

ベンさんは即答した。

嫌悪感

ねむの木学園へ行く前日、私は宮城まり子の文章を読んだ。
『原稿用紙のマス目を、一字一字うめて、文章を書く淳之介さん。
私の入って行くことのできない世界の淳之介さん。
彼が好きでも、ほんのちょっぴりの場所でうろうろする私。
文学者としての淳之介さん。
文学のお友達との淳之介さん。
編集者のかたとの淳之介さん。
小説の中の淳之介さん。
ママちゃんや妹さんとの淳之介さん。
銀座のバーで遊んでいる淳之介さん。
マージャンやってる淳之介さん。

みんなちがう場所から吉行淳之介を見ている。

私はまり子印の淳之介さんしか見ていない。

もう、すごく年月がたつのに、今も私はまりこ印の淳之介さん、私の小さな場所でしか、大きな淳之介さんを知らない。

と宮城まり子は書く。『私の入って行くことのできない世界の淳之介さん』と意識する宮城まり子は凄い、と私は思った。


そう思いながら、ひとりの老人が浮かぶ。横浜の港近くでレストランを営む友だちの息子の結婚式で、80歳を過ぎて元気な老人がいた。友だちの父親だ。

静岡県御前崎から、孫の結婚式に来ていた父親を、

「おやじの相手、よろしく」

と、友だちに頼まれた私は、親族でもないのに一族の控え室に案内されて、時間待ちのテーブルで、その老人とふたりきりになってしまった。

老人はいろいろと事業をしてきて、地元の代議士の有力な後援者と聞いていた。何か話題をと気をつかい、

「御前崎に近いんですよね、宮城まり子さんが、初めてねむの木学園を作った浜岡というのは」

そう言うと、

「ねむの木？　ああ、ねむの木ね。うん、ああいうのは、いいんだか悪いんだか、わからんがね、出て行ってくれたよ」

と老人はあっさりと返事をし、私は黙ってしまった。

「はっきり言って困るんだ、ああいうの、地元のためには何の役にも立たん。あの、宮城まり子というのも、わたしには、わからん。どうもね、ああいう人は」

そう言って老人は、首を振ったのだ。

静岡県掛川市の「ねむの木学園」へ行き宮城まり子と会う、という前日、老人の首を横に振った仕草がよみがえった。

あの紙ヒコーキのチップに私が首を振り、その首ふりをマネした吉行淳之介の嫌悪感の共有と、老人の首ふりをつなげて考えた。

あの老人は、宮城まり子を、ねむの木学園を嫌悪して首を振り、

「出て行ってくれたよ」

と言った。

人の世には、実にさまざまな嫌悪感があるのだろうが、ねむの木学園の宮城まり子についても、もし統計を取ってみれば、あの老人の首ふりにうなずく人も多いのだろう。

そうだ、宮城まり子に会ったら、まず、むかしむかしの、プロ野球選手の紙ヒコーキのチップと出合った、私と吉行淳之介の嫌悪感の共有を話してみようと決めた。

そしてもう一度、『私の小さな場所でしか、大きな淳之介さんを知らない』と感じとっている宮城まり子の深さを思った。

果実

ＪＲ東海の新幹線掛川駅から、ねむの木学園行きバスで約20分、東名高速道路の掛川インターチェンジから20分、山里深くねむの木村が広がる。

『四月も、なかばになると、森はすっかり変わってしまいますのね。枝から、お水のようなすきとおった芽が出て、竹はさやさやなきます。あわせるように「ホーホケキョ」と私が声を出すと、遠くから、それがだんだん近く「ホーホケキョ」とうぐいすが答えるんです。夜、星が大きくて胸に飾りたいよう、ここにいっしょうけんめい努力する村をつくりました。どうぞ、あなたも加わってくださいませんか？　待っています。

そう、雨上がりの霧さえも、真っ白い、も裾をひいたお嫁さんのように優雅です。ほら、大手毬の花がにっこり一つ咲きました』

というのが宮城まり子の、「ねむの木村」を案内する言葉のひとつ。

ねむの木村には、ねむの木学園（肢体不自由児療護施設、噴水のある庭、みんなのプール）、ねむの木特別支援学校（オープンクラススクール、グラウンド）、ねむの木のどかな家（身体障害者療護施設）、吉行淳之介文学館、茶室（和心庵）、ねむの木こども美術館、なかよしの家（こどもとおかあさんのスタジオ）、森の喫茶店ＭＡＲＩＫＯ、あかしあ通りこどものお店（ガラス屋さん、雑貨屋さん、毛糸屋さん）、ねむの木農場、ねむの木果樹・野菜園、こどもお花畑、車イスのトイレット、職員宿舎、ねむの木村入り口（タイル壁画約６０００枚）、地域交流ルーム（インフォメーションセンター）、研修センター、倉庫Ａ、倉庫Ｂ、倉庫Ｃ、ゲストハウス、がある。

吉行淳之介文学館のほかの建物の屋根は明るい茶色だ。とんがり帽子の形をした屋根もいくつかあり、文学館の前の、雑木林の広がりを映した池には、数羽のアヒルが泳いでいた。

私が行ったのは２００６年1月24日の午後。よく晴れて風もなく、ねむの木村が冬の光に洗われて、空の青を吸いこみ、静寂がいっそう深いようだった。

玄関ポーチの植え込みに、小さな赤い屋根に守られたお地蔵さまがいて、その建物が「ねむの木学園」だった。グランドピアノがあって、飾りの少ない応接室の壁に、ひとつだけ写真のパネルがかかっている。モノクロで、どこかへ飛び立ちそうな若い宮城まり子の、何かが宿っているような表情だ。

20代、まだ吉行淳之介と出会う前の宮城まり子だ、と私は勝手に決め、たくさんあるだろう写真の中から応接室に掛けたのは、いちばん自分が認めたい一枚で、何かが宿っていることの美しさを選んだのだとも、勝手に決めた。


いい顔だ。美しい顔だ。果実みたいだ。そう感じながら、35歳のときに吉行淳之介と出会い、吉行淳之介が旅立つまでの35年間、いっしょに暮したのが、この人なんだよなあと、写真に向きあっていた。


「こんにちは。こんにちは」

ゆっくりとくりかえして、にこっと、黒い衣装の、78歳の宮城まり子が現れた。

おばあさんだ。でも、こっちも10歳若いけれど、じいさんだ、と私はソファに座っ

て、宮城まり子のななめ前で身近に落ち着くと、言葉を使えばじいさんもばあさんも
関係あるかというような気分になった。

淳ちゃん

「あつかましいんですけど、先にふたつ、言わせてください」

と私は、若いころに姉や兄と見た、ミュージカルスター宮城まり子の声と笑顔のこと、そしてもうひとつ、紙ヒコーキのチップの、吉行淳之介とのことを喋らせてもらった。

10秒ほど、宮城まり子は私を見つめたようだった。そのあとしばらく、自分の膝に目をやっていて、

「その、お札の、紙ヒコーキの、話、淳ちゃん、した。わたしに、したわ。見たくなかったなあって。その話、わたし、聞いてる。紙ヒコーキの話」

と、首をねじるようにして私を見た。

私は、どきどきした。

「ほんとうに？」

言おうとしたが、思いとどまった。

「ほんとうに、吉行淳之介が紙ヒコーキの話をしたんですか？」

再び言おうとして、また、言わなくてもいいな、と黙った。


私は、どきどきしていた。

宮城まり子は、ぼんやりと宙を見ていたが、なにやら楽しそうにも見えた。

「変な人が来たものね」

と私を見て、それから目をそらして、

「おもしろいことになったものね」

と笑い、宮城まり子がうれしそうなので、私もほっとして笑った。


ほっとしたので、宮城まり子の顔を見た。何秒間かしっかりと見た。

変わらない。スターだった宮城まり子の顔を知っているけれど、変わっていないものがある。19歳の、20歳の、というわけにはいかないけれど、その人の顔を作っている気持ちが、変わらないものが表情になる。

「呼びに来てくれないのよ」

窓の外の、桜の木が並んでいる冬景色に視線をおくりながら、宮城まり子がつぶやいた。

吉行淳之介が呼びに来てくれないので、まだ自分は、この世に仕方なくいるのだと言いたいらしい。

「せっかく変な人が来たから、淳ちゃんもいらっしゃいよ」

窓に声をかける宮城まり子は、死んでしまった吉行淳之介との、死んでしまっても生きている吉行淳之介との恋が、まだ進行形なの、と言いたげで、

「淳ちゃん」

と呼びかける宮城まり子は、恋をしている顔になっているのだ。

「恋の話ばかりしていたいけど、そうもいかないんだよなあ」

と私がひとりごとを言った。

『病気でね、手とか足とかが不自由で知的障害があって、お家でお父さんとかお母さんとかがね、面倒みられない子がいるの。

その子たちのために、わたしにやれることをさせてほしい。子どもとして愛されることのお手伝いをしたいの』

そう宮城まり子が吉行淳之介に言ったのは40歳のとき。

その10年も前から持ち続けている宮城まり子の思いを知っていた吉行淳之介は、

『途中でやめると言わないこと。

愚痴はこぼさないこと。

お金がナイと言わないこと。

この3つの約束を守ることだね。君を信じてくる人に、途中でヤメたは無礼だから』

と認めてくれた。

初心

１９６８（昭和43）年4月、静岡県の浜岡の砂丘の、松林のなかに「ねむの木学園」が建ち、８人の子供たちがやってきた。

１９９７（平成９）年、掛川市へ移転。２００６年で「ねむの木学園」に創立以来38年の歳月が刻まれた。

「どうして？　どうしてスターだった宮城まり子が、身体が不自由な子供たちに目が留まったのですか？」

「仕事で、子供たちのいる、いろいろな所へ行くことが多かったし、わたし自身、舞台で子供の役が多かったので、それで子供のことを知る機会がいっぱいあったの。

愛されていないのかなと思ってしまう子供たちが、どうせ自分は、ってひがんだりひねくれたりするのが悲しかったし、小中学校は義務教育のはずなのに、それを受けないでいる子がいるのは許せなかった。

でもわたしみたいな世間知らずの、そういう意味でのダメ人間が、ねむの木学園を始めようっていうのだから、ほんと、変で、始めたとき、やっちゃったと思った。自分で言いだして、自分でやってみて、びっくりして。それ、何年たっても、同じ」

と宮城まり子は、今も、38年間も「ねむの木学園」を続けている今も、びっくりしているのよ、という顔をした。

「やめられないでしょ、淳ちゃんと約束したのだから、やめるわけにはいかないの。淳ちゃんは、思いあがる人間がいちばん嫌いだった。

途中でやめたら、わたしのしたことは、思いあがったことになる。

やめられないわ。やめたらいい、わたしの力では無理と、何度も何度も考えたけど、やめられない。愛した人との約束だもの」

と、宮城まり子が言ったわけではない。ふと思いめぐらせているような、ふと誰かといっしょにいるような宮城まり子の顔を盗むように見た私が、勝手に言葉を作っていた。

な、な、そうだろ、と私は誰かに言っているような気分になっていた。宮城まり子の時折の表情で、目のやさしさが、愛するものがある人の顔だと思わせていた。

なにも、人と人とのことだけでなしに、木との、花との、虫との、鳥との、星との恋だって、愛だって、人間はいい顔を失くさない。

何も、なぁんにも愛していない人の顔にはなりたくないなあ、とそんなふうにも、宮城まり子と会っていて、感じた。


茶室へ行った。

「時々の初心」

と掛け軸にある。能の世阿弥の言葉らしい。

「わたしのね、心を支える言葉なの。

いちばん最初に何かするとき、ドキドキするでしょ。舞台に出るとき、ドキドキする。

初心忘れずに、という言葉は、そういう気持ちを忘れないでねということでしょ。

いつも偉そうにしないで、あんなドキドキのことがあったなというのを覚えておいてね、というのと、もっと大切なのは、いろんなことがあるたんびに、初心、初めてのような気持ちになることだと思うの。

絵を描くときに、いちばん最初、パッと筆を起こすとき、それがいちばん大切だから、それ、忘れないでねって」

そう言いながら宮城まり子は吉行淳之介文学館へ私を連れて行き、

「淳ちゃん、ただいま」

と玄関で大きな声を出した。

ヘルプミー

冬の午後の薄くなってしまった光が庭に広がっている。庭を眺める椅子に座って、少し離れたテーブルに宮城まり子が落ち着くのを待って、

「吉行先生、いませんね」

と言ってみた。

「そうね。返事がないところを見ると、今、お仕事中、原稿に向かってるのかもしれない」

というのが宮城まり子の反応だ。

文学館へ入ってきたとき、スリッパを出してくれた女性はどこかへ消え、宮城まり子とふたりだけの空間だと、私は意識した。

「宮城さんが日比谷の芸術座に出ていたころ、劇場近くの画廊で金山康喜の絵に惹か

れたというのを、何かの雑誌で知ったとき、うれしくて、ヤッホー！　と声が出ました。うれしかったなあ」

「金山康喜。なつかしい」

「もしかしたら、自分は宮城さんと、似ている生き物かなと感じてうれしかったんです」

「ちょっと待って。その、宮城さんという呼び方、やめてほしい。まり子さんのほうがいいわ。わたしも吉川さんでなく、リョウさんと呼ばせてもらうわね」

「ぼくは自分がちゃんと生きていけるか不安のかたまりみたいなところがあって、いつも誰かにヘルプミーと声をかけてる。

でも声や言葉でそれを言ってしまうと、もっと生きられないぞと思って、ヘルプミーを隠していこうという決め方はした。

そんな自分が、うれしいことがあると、救われたと思うことがあると、誰かに何かに、ヤッホー！　と声をかけるんです。ヘルプミーとヤッホーで生きてる自分が、金山康喜の絵とつながった。金山康喜の絵には、ヘルプミーが隠れていて、ヤッホーが聞こえてくる」

「わかる。わたし、とってもわかる。リョウさんの言ってること、ヤッホーね」

「ねむの木の子の、とくに好きな絵だから、のはらゆみ子という名前も覚えているけど、『ここにいらっしゃい』という題名の絵がある。巣に入っている小鳥と、ちょっと離れている小鳥。二羽の小鳥を描いてある絵。この絵と向きあっていると、金山康喜の絵の前に立っているような気持ちになるんです」

「うれしい。うれしい。わたし、うれしい」

宮城まり子は、ひとつゆっくり息を吐いて続けた。

「わたしね、昭和20年に、父の仕事の都合で佐世保に住んでいたの。原爆が落ちた長崎に、父が知人を捜しに行ったのね。

長崎から戻った父と、バケツに水を汲んで佐世保の駅へ行ったわ。ホームに貨車が着いて、全身が焼けただれた被爆者がたくさん乗ってた。わたしは父の真似をして、その人たちに水を飲ませた。18歳かな、わたし」

「ねむの木の子の絵に『涙の木』という絵があって、裸の木に葉っぱが一枚、それが涙なんですよね。しばらく目が離れなかった」

「ほんめとしみつの絵ね」

と笑い顔になって腰を上げた宮城まり子は、奥へ行って缶コーヒーを持って戻ると、

「リョウさん、お願いがあるの。あのね、赤坂のクラブで、リョウさんが紙ヒコーキのチップにイヤだという仕草をして、それを見ていた淳ちゃんが真似をしたという話。そのリョウさんの仕草、やってほしいの、今」

と愉快そうに言った。

ここはきちんとやらねばならないと感じた私は、立ち上がってシェイカーを振る動きをし、奥を見やり、嫌なことをしやがるなぁという顔で首を少し振った。

「その瞬間を淳ちゃんが見て、見つけて、それで、そのあと、モノマネをしたというわけね」

「ぼくの人生の、いちばんの思い出です」

と私は腰をおろした。

「リョウさん、そのあとに、淳ちゃんと会わなかったの？」

「はい。パーティで、ごく近くにいることはあったんですけど」

「リョウさんが小説を発表したり、芥川賞の候補になったり、リョウさんの名前、淳ちゃんは知らなかったの？」

「知らないですね」

「会って、さっきの首ふりをやればよかったのに」

「できませんでした」

と私は少し照れて言った。すると宮城まり子は庭のほうへ、

「淳ちゃん、おもしろい人が来てるから、こちらへいらっしゃいよ」

と声をかけた。

ほんめとしみつ

「涙の木」

部屋がだいぶ暗くなって、宮城まり子は電気をつけ、

「リョウさんはバーテンダーの生活が長かった？」

と聞いてきた。

「どうせバーテンダーをやってるならって、赤坂のあと、神戸、奈良、京都、松江、それから宍道湖の近くの温泉街でも、バーテンダーをして歩いてました。まるで野良犬みたいですよ。

でも、野良犬も疲れはてて、東京へ戻りたくなった。

下宿屋が多くて静かだった原宿で四畳半の部屋を借りて、新聞の募集で結婚式場の明治記念館のボーイになったんです。

明治記念館の結髪部にいた女性と仲良くなって結婚して、子供ができました。26歳のときです」

「野良犬が父親になったのね」

と宮城まり子はずいぶん黙り、

「ごめんなさい。自分の話なんかしちゃって」

と私はあやまった。


「淳ちゃん、まだお仕事中？　いらっしゃいよ」

宮城まり子は庭へ目をやり、私も黙り、宮城まり子も黙った。

少しでも、お金の話をしなければ、と私は思った。そうしなければ、宮城まり子の、ねむの木学園を作ってきた苦労に触れられないように思えた。

「人間というのは、お金と、孤独と、このふたつの、一種のバケモノとたたかう生き物だなぁ、なんて思うことがあるんですよ」

と私は言い、こんな言い方で、宮城まり子からお金の話を聞けるだろうかと不安になり、思いきって、

「お金を助けてくれた人の話を聞きたいです」

と言った。

「浜岡でねむの木を始めたばかりのころ、初めて寄付をいただいたの。品のいいおじいちゃまが訪ねてきて、80歳くらいかなぁという人が訪ねてきて、学園を見せてほしいって。

それで見ていただいたあと、倉庫にしていた小さな部屋で名刺をいただいたら、伊藤忠兵衛というお名前。

あ、伊藤忠？　え？　とびっくりよ。

水引のかかった袋をいただいたの。びっくりして、うれしいのとはずかしいのとで、何を言っていいのかわからなくなって、ただ頭を下げてお見送りしたの。

百万円。夢の中。初めての寄付。

板張りの廊下にカーペットを敷くのに使わせていただいた。子どもたちがトイレに急いで、そこを這って行くので、冬は手足が冷たくなっていたから、カーペットがうれしかった。

それから大阪の梅田コマ劇場に出ていたとき、泊まってるホテルで朝早く、お客さまが来てるってフロントに起こされた。

まだ7時よ。せめて8時にとか言って、わたし眠っちゃったの。

そうしたら次の日の朝8時、またフロントから電話がきたの。ロビーに作業着の小柄なおじさんがいて、自分はTシャツなんかを作ってる南熊三郎という者で、会社に行く前しか時間がないので、早くてすみませんって。家内と娘と相談してきたと、わたしに茶色い封筒を渡すの。封筒を開けさせてもらったら小切手が入っていて、ゼロを数えたら1500万円。息が止まりそうになった。

コーヒーショップへ行って、わたし、どうしていいのかわからなかった。

わたしらがせんならんことを、まり子さんにしてもろうてる。家内も娘も、私と同じ気持ちです。どうぞ、このお金、受け取ってください。働いたお金で、税金もきちんと払っています。どうぞ使ってくださいって。

涙が止まらなくなった。めちゃくちゃお金に困ってるときだったから。

作業着の神さま、南熊三郎さん。それから10年くらい続けて、庭になった柿です、と秋に送られてきて、子どもたちも、南のおじちゃんの柿と言ってた。

幸之助さんにもいっぱい助けてもらった。松下電器の松下幸之助。大阪から東京への行き帰りに、忍者のように現れて、まりちゃん、がんばれや、とお金を新聞紙に包んでくれたり、防犯カメラを8台もつけてくださったり、幸之助さんは経営の神さまと言われているけど、私には、報いの神さま。

絶対に匿名よ、と言って、外務大臣をした鳩山威一郎さんの奥さんの安子さんも、助けてくださった。安子さんからいただいたお金でプールを作って、鳩山さんのお名前を記念して、ポッポちゃんのプール、という名前にしたの。

そうそう、角栄さんのダミ声もときどき思いだすわ。開園2年目かな、中学までのお金は措置費が来るけど、高校はダメ。

わたし、首相官邸におしかけて、養護施設にいる子が、働いても定時制高校にも行けないのはおかしい。その子が優秀なら高校に行けるようにしないと、って。

高校に進学する能力を認めたものには国から費用を交付する。変わったの。

浜岡の原子力発電所で5号機の建設が始まると聞いてから、わたし、悩んだ、とっても。

悩んだ末に掛川への引っ越しを決めて、8億円の借金をしました。度胸なんてないのに、夢中なだけ。

その引っ越しで西濃運輸の袋井支店の人たちが、トラック12台を無償で貸してくれたり、3往復もしてくれたり、もう感謝いっぱい。

今日はうれしい。淳ちゃん、顔を見せてくれて、リョウさんが首をひねって、あれえ、きみ、赤坂の、ってなったら、もっとうれしいのになぁ、それが残念」

宮城まり子の話を聞きながら、吉行しか読まない大工がいて、その大工が『女優M子』という絵を描いていて、という話を、したいけれど、次の機会にしようと思った。

車窓

夜、帰りの新幹線で私は、缶ビールを飲みながら、今日は「ねむの木学園」へ行ったのに、宮城まり子の秘書の女性と、茶室で茶を点ててくれた白い装束の男性しか会っていないなぁと、ぼんやり考えた。

みんなが眠ってしまったような気怠い車内の空気を、ひとつの景色みたいに眺めながら、

あっ、と私は声を出しそうになった。

ひょっとして、とある思いが、突然のように湧いたのだ。

30秒ほど自分の膝に視線を落として黙っていた宮城まり子が、私の脳でよみがえった。紙ヒコーキのチップの、吉行淳之介との思い出を私が口にした直後の宮城まり子だ。

「その、お札の、紙ヒコーキの話、淳ちゃん、した。わたしに、したわ」

と宮城まり子は言った。

そう言ったのは、宮城まり子のフィクションにちがいないという思いが広がって、私は窓の外の闇に目をやった。

宮城まり子は、私の思い出を守ってくれたのだ。私にやさしくしてくれたのである。

そうか、宮城まり子は、あそこでフィクションを使って時間を包める人なんだよ。

人と人とがつながるためには、どうしたらいいのか、カンがはたらく人なのだろう。

私は姿勢をゆるめて天井へ深く息を吐きだした。


吉行淳之介文学館の静寂を目の奥に浮かべた。

ガラスケースの中の生原稿。作家仲間との書簡。宮城まり子宛ての手紙。遺言書。全初版本。仕事机。てんとう虫の形をした足置き。中学生用の椅子。愛用した時計たち。絵。


『朝になっていた。カーテンにできていた隙間から、明るい光が、平べったい薄い板のように射し込んできている。その光を眺めながら、夏枝の部屋をおもった。昼間でも部厚いカーテンを隙間なく閉ざした薄暗い部屋である。

「これからどういう具合になるのだろう」
いろいろの考えが、私の頭に浮かんで消えた。一つだけはっきりしているのは、今日もあの薄暗い部屋へ行くことだ。

吉行淳之介の小説『暗室』の、ほとんど終わりの文章である。

その文章が、走る新幹線の窓ガラスに綴られているような気になって、そこに絵として、全裸になって黒いコートだけを羽織って男を待っている女が重なった。

『昭和四十六年暮、クリスマス・イブの日だった。いつものように夏枝の部屋の電話が鳴った。吉行は、低い声で夏枝に簡単に指示を与えた。

「いま三時だろ。道が混むかもしれないから、四十分は見た方がいいと思う。君の玄関前まで車を入れるから、そっちへ着いたら下からもう一度電話するよ。そうしたら、すぐに降りてきてくれ」

夏枝はかなりの躊躇があったが、彼の指示に従って、全裸になった。言われた通り乳首と乳暈、腋の下、下腹部にうすく紅をさし、その上にオーバーコートだけを羽織って、素足にハイヒールを履いた。その段階ですでに夏枝は十分上気していた。

言われた通りの支度をして待つ間もなく、下から吉行の電話が入った。夏枝は、しっかりコートの前を打ち合わせて部屋を出た。幸い廊下に人の気配はなかったし、エレベーターにも、誰も乗っていなかった』
吉行淳之介の陰の恋人で、『暗室』のモデルの大塚英子の『「暗室」のなかで』という本にある文章である。

その文章のあと、吉行と夏枝のクリスマス・イブの街の中のドライブが書いてあるのだが、どうして宮城まり子を訪ねた日に、自分がそんなシーンを想像しているのかと、窓ガラスの一点を指先でこすった。

『私がはじめて娼婦に触れたのは、結婚後のことで、その点にまず問題がある。大学を中退して結婚したのだから早婚だが、結婚後しばらくして娼婦および娼婦の街に耽溺するようになった。性的不満が原因でないところに、一層複雑な問題があり、根は結婚自体に探らねばならぬわけだが、大ざっぱに言って精神面での欲求不満があったといえよう。詳しいことは、いずれ小説の形で書いてみたいと思っている』
という吉行淳之介の文章が流れ、私は目をつぶった。
欠伸まじりに妄想するのは、となりの席で、小説『暗室』に登場した夏枝が眠っている姿だが、現実には、ノートパソコンを広げた若い男が座っていた。

「女優M子に会ってきたぞ」

とベンさんに電話し、ある日の晩に、居酒屋の座敷の隅っこで会った。

「現場でいっしょになる若いペンキ屋がさ、ネット人間っていうのかなぁ、なんでも調べられるって得意がってるんで、ウィキペディアってやつで、宮城まり子を調べてもらって、おれ、まとめたんだよ」

そう言って、ベンさんがボールペンで箇条書きした何枚かの紙を私に渡した。

『女優
映画監督
福祉事業家。ねむの木学園は日本初の民間社会福祉施設
幼い頃に母親と死別。父親の仕事で大阪で育つ

二人姉弟（弟の八郎は作曲家）
人気歌手として紅白歌合戦にも連続出場、女優業でも芸術賞やテアトロン賞を受賞。
1968年に肢体不自由児の社会福祉施設「ねむの木学園」を発足。
このころからタレント活動は事実上引退状態』

不格好な字で書かれた紙をめくりながら、

「すごいね、ベンさん」

私は言った。

「すごいのは宮城まり子だよ。おれ、吉行が惚れた女、としか知らなかったからさぁ。ほら、ここ見て」


ベンさんは、一度私に渡した紙を奪い返すように抜き、何枚目かの一部分を指さしながら、

「作家吉行淳之介と交際し、彼の死までパートナー関係であったことはあまりに有名。ね、ここ。おれはここしか知らなかったんだよ。でも宮城まり子の来歴、ってやつを読んだら、ホレたハレただけじゃなかったんだろうなって、吉行にも宮城まり子にも、

なんだか申し訳ない気持ちになっちゃったよ」

まるで大きな失敗を取り消すように、ベンさんはジョッキのビールを一気に飲んだ。

ベンさんが書いた数枚目の最後には、昭和33年に大ヒットし、紅白歌合戦でも歌った『ガード下の靴みがき』の歌詞が書かれていた。

『可哀想だよ　お月さん
なんでこの世の　しあわせは
ああ　みんなそっぽを　向くんだろ』

この歌の最後の歌詞を読み、

「宮城まり子は、自分はそっぽを向かないぞ、って生きてきたんだな」

と、私もジョッキを手にして「ねむの木学園」の廊下の隅っこにあったガラスケースを思いだした。

タンスほどの大きなケースがふたつ並んで、レコードのヒット賞やら、演劇賞であるテアトロン賞の記念盾や賞品の彫刻がおさまっていた。

「ほんとうは、いらないの。でもね、こういうものがあると、うれしそうに元気になる人もいるし、喜んでくれる職員もいるし、それだったら目立たないように置いておこうかって」

通りかかって目をとめた私に、宮城まり子は言ったのだった。

「『ガード下の靴みがき』の歌詞が、宮城まり子の心に食いこんだのかもしれないな」

と私はベンさんに言った。

『おかあさん、あなたが、私の十二歳のとき、そう、一年も、結核で病院に入院していたあなたが、世の中のなにもかも、止まってしまったような暑さの夏の日、死んでしまったときのこと、今、思い出してます。七月二十五日、あなたの命日ですね。おかあさん、あなたのまくらもとに、弟が、半年ぶりに家から呼ばれたのを、覚えています』

という宮城まり子の文章も思いだしていた。結核で、子供たちとも隔離されたまま、母は旅立った。泣いて過ごしながら12歳の宮城まり子は、箪笥にある母の着物のにおいを探したという。

ベンさんが箇条書きにした宮城まり子の来歴は、私がそれまで文章で読んだり、人から聞いたりしている宮城まり子とは少し違っているところもあった。

母としこの死後、父の英一は、12歳のまり子とふたつ下の八郎をつれて、東京から故郷の大分に帰り、その後、英一が再婚する女性の故郷である佐世保に移った。

宮城まり子の本名は本目眞理子（本目は母方の姓）。佐世保で英一は、バンドマン3人を雇い、歌がうまいと評判の眞理子とグループを作り、病院や軍の施設を慰問に回った。

眞理子が17歳のとき、父英一が再婚。長崎に原爆が投下され、被爆者を乗せた貨車が佐世保駅に着き、眞理子の目にも残った。

昭和24年に英一は事業を興そうと東京に戻り、眞理子を浅草松竹演芸場へ売りこんだ。

一生懸命に歌う眞理子を支配人は気に入り、明日もおいで、となり、二十日間も歌い続けた。

日劇で歌いませんか、と声をかけたのが菊田一夫。芸名宮城まり子の出発だ。

父から離れてまり子と八郎は、世田谷区松原の八畳ひと間で暮らした。八郎も音楽家をめざす。

宮城まり子は歌と舞台でスターになり、八郎も宮城秀雄の名で音楽家として自立した。

本格的なミュージカル女優になるのには、ヨーロッパのミュージカルを知らなければと、宮城まり子はパリへ行った。

1960年1月2日、夕方から、作家遠藤周作夫妻とコメディ・フランセーズに行く約束でホテルで支度をしていると、日本からの電話で、父英一の「まりこ」と呼びかける普通ではない声。『ガード下の靴みがき』の編曲も担当した弟の宮城秀雄が、自動車事故で死んだ知らせだった。

泣きくれてパリを歩き回る宮城まり子に「早く帰っておいで」と吉行淳之介の手紙が届くのだ。

娼婦

『ガード下の靴みがき』についての話も、私はどこかで読んでいた。

昭和30年のこと、宮城まり子は日本ビクターの磯部さんというディレクターのデスクで遊んでいると、足元のゴミ箱に丸めた原稿用紙が捨ててあるのを見つけた。レコード会社の原稿用紙だから歌詞でも書いてあるのかな、と思った宮城まり子はそれを拾って広げてみた。

『ガード下の靴みがき』という題名の歌詞。

磯部さんのところへ飛んで行き、おねがいだから、わたしに歌わせてください、と必死に頼んだというのだ。

足元のゴミ箱に丸めた原稿用紙。書かれていたのが『ガード下の靴みがき』の歌詞。

劇的すぎないか、と私は思うのだ。

日劇に出ていたころに、大人たちが靴磨きをしている中に、ひとり子供が靴磨きをしていた。大人の中で子供がやっていることを許せないと思い、あの子のことをちゃんとしなければ許せないと思ってしまった。それが生きていくことを、困難な人を理解する初めだったと宮城まり子は、なにかに書いている。

『なにもしないで出世する方法』というミュージカルでは、菊田一夫が、脳性まひの少女の役を宮城まり子に与えた。

宮城まり子は、それまでに経験したことのない苦労をした。どうしても脳性まひの少女を演じられない自分と、演じなければならない葛藤に苦しみ抜いていた。

そんなとき、客席に脳性まひの少女がいて、お父さんに抱かれて舞台を見ている。終演後に近づくと、まりこさーん、とその少女が叫んだ。そのとき、宮城まり子に決意が生まれたという。

私は、ねむの木学園で目の前にした宮城まり子を思いだしてみた。

淳ちゃん、と、こもれびに向かって呼びかける宮城まり子の穏やかな横顔。

紙ヒコーキの話、わたしに、したわ、と驚いたように丸くした目。

宮城まり子は、女優M子は、フィクションでエネルギーを生みだすことがあるのかもしれない。

それが感情となり、感覚になる。だから、嘘とか本当とか言っても始まらない。そのフィクションが、自身には真実の力に違いないのだ。


「吉行は24歳で結婚してるんだよな」

と唐突にベンさんが言い、

「で、33歳のときに宮城まり子と出会って、35歳のときに、奥さんが女の子を産んでるんだよな」

とつけ足した。

「めずらしい大工だなぁ。そんなふうに吉行を知ってる大工さんは、おそらくどこにもいないよね」

私が笑うと、

「まず、吉行が宮城まり子に惚れたんだよな。結婚しているのに。そりゃそうだよな。吉行に普通の夫婦をやらせろったって無理な話だ」

ひとりうなずいていている。

「普通、夫婦って、夫婦というのはこういうものだという常識のつながりだからな。私たち夫婦は汚れた関係ではない、という奇妙なプライドがあってね」

と言った私の頭の中を、

『高踏的に振舞っている人間は、みんなインチキだとしかおもえない。「純粋」とか「純潔」とか「純情」という言葉くらい、嫌いなものはない。どれもこれも胡散くさいにおいを、ぷんぷんと放っている』

という吉行淳之介の文章が歩いていった。

「思うに、神経が通じる、話があう、カンがはらたく、というようなことで、吉行は宮城まり子に惚れたんじゃないのかなぁ。

それに、言葉尻だけで取られると困るけど、歌手とか女優とか、別な意味での娼婦だよね」

私が言い、

「そんなこと言ったら、宮城まり子は怒るだろうね」

とベンさんは首をすくめた。

「いや、怒らないと思う。宮城まり子なら、言いたいこと、わかってくれると思う」

「娼婦と言われても？」

「この場合の娼婦は、天使と称んでもいい」

と言った私は、

『たいていの本が濃紺やグレーの装丁で地味だった私の本棚から、淳之介さんは一冊を取り上げた。

真っ赤な木綿の布で私がはりつけた表紙の『世界童謡集』である』

という宮城まり子の文章を浮かべ、

『その書物は、M・Mの書棚に並んでいた。昭和十三年発行、定価八十銭という奥付の文字があり、彼女はそれを古本屋で買ってきたという。そして、その書物も、普段のときの私ならば見逃してただろう。たとえ手にとって開いてみても、その中から語りかけてくるものは無かったに違いない。この書物の目次に並んでいる文字、あるいは中身の童謡の文句に触発されて、私は幾つかの短篇を書いた』

という吉行淳之介の文章も浮かんでくる。M・Mに惚れて、普通の心理状態ではなかったと言っているのだ。

研究会

トイレから戻ってベンさんが、

「うらやましいよ」

と言いながら腰をおろした。

「何が？」

「何がって、有名人に会えるのはうらやましい」

「そうかね」

「普通は有名人に会えないよ。普通の人は有名人に会えたら大騒ぎさ。

普通の人は、有名人を見るために金を払うじゃん。劇場へ行ったり、映画館へ行ったり、好きな有名人を見たくて、たくさん金払って、アリーナとかドームとかへ行く。有名っていうのが価値のひとつなんだろうな」

「ベンさんはそういうものがなさそう」

「だから変人と言われるんだ」

「宮城まり子に、女優M子の絵の話、したくて仕方なかったんだよ。でもしなかった。というのは、ベンさんの子供、サクラちゃんとマサシくんのことも言わないと、ちゃんと話が伝わらないだろうと思ったからなんだ」

「誰にも伝わらないよ、それは。赤ん坊をふたり残して、いなくなっちゃう女のことなんか、誰にも伝わらない」

と言いながらベンさんが、持ってきた紙袋の中から1枚の絵ハガキを出した。

背景は明るいグレー。線だけの数本の木。そこに帽子もマフラーも黄色い子供と、緑色の帽子をかぶった子供がいて、ふたりの子供の長い影が描かれている。

「ほんめとしみつという子が描いた、『かえろうよ』というの。この絵を、ときどき見る。残高の少ない通帳を見るみたいな気分でさ。

おれにはおふくろのユリコさんがいて、子供たちの母親の役目をしてくれたんだけど、うちのガキめら、それはやっぱり、こういう長い影をひきずっていたんだろうなって思うわけ。

そう思うとね、どうしてか、いなくなっちまった女には罪がなくて、その女に逃げられたおれに、すべての罪があるみたいな気になるのよ。そんなとき、女優M子の絵が、おれを救ってくれるんだ。みんな忘れちゃっていいのよって、そう言ってくれるんだ」

めずらしくベンさんが、じとっと泣きそうな顔になった。

その帰り道、居酒屋から駅前のタクシー乗り場へ歩きながらベンさんが、

「変だよね。女優M子研究会みたいな酒だね。会員2名で女優M子研究会。笑っちゃうね。さびしいみたいな、さびしくないみたいな、変な酒」

と笑った。

ほんめとしみつ
「かえろうよ」

雨

私は、心臓の手術をしてから2か月に一度の検診日があり、その病院の近くでベンさんが仕事をしてると聞いていた。

雨の日、会計をして、薬を受けとって時計を見ると午前11時50分。ちょうどお昼だ、ちょいと寄ってみるかな、とベンさんに電話をかけた。


大きな病院の裏手の広い駐車場を抜け、古い家と小さな新しい家とが混ざっている、ちぐはぐな景色をしばらく歩くと、ブルーシートのかかった建築現場があった。

「こんなところに来るなよな」

腰につけていた道具袋をはずしてベンさんが照れた。

「他人のフトコロ覗くようなもんだ」

「そんな気もする」

私は笑った。

雨のかからない屋根ができた場所へ行き、ベンさん、紙コップを私に持たせ、魔法瓶から茶を注いでくれた。

「弁当食わせてもらうよ」

と大きな弁当箱の蓋を開き、

「ユリコさんの弁当。おかずは、サクラとマサシの食い残し。おれの存在はそんなもん。ユリコさんにとっておれは、カネを稼げばいいだけの馬みたいなもん」

「そりゃそうだ。嫁さんに逃げられた息子の子供、ふたりも子育てして」

「しかも、ユリコさん、根っから陽気で元気なんだよ。ありがてえな」

とぎっしり詰まった弁当に手をつけた。

「ここ、ひとり？」

「おれ、たいてい、ひとり。意識してそういう仕事探してる」

「偏屈大工だな」

「上等だ」

ベンさん、何に気を取られたのか、箸を休めた。

「弁当食いながら、いつも思うのよ、死ぬまで大工をやるしかねえのかって。そう思うと、何か文句を言いたくなるんだ。

おれには子供がふたり、いや、3人いる。金がかかる。だから大工をやってるのか。もし子供がいなかったら、大工をやめるか、どうだ、って自分に聞く。

何も答えられない。たぶん明日も、来年の今日も大工をやってるんだ。

クソッ、と腹が立つ。どうして腹が立つのか、わからない。

そんなおれが吉行を読んで、いいなぁ、面白いなぁと思うのは、吉行淳之介がうらやましくてしょうがないわけ。おれの理想なわけ。おれの夢を生きてるわけ。

吉行がおれの神さまって思うこともあるし、おれのいちばんの友だちって思うこともある。

その吉行が惚れた女、宮城まり子、女優M子を、おれ、無視できない」

ベンさんは梅干しをしゃぶり、タネを灰皿にポトンと落とした。

そばに置いてあったラジオから、曲がひそひそ聞こえている。尾崎豊の歌だった。

「若いころ、大工仲間で尾崎豊を教祖みたいに言う奴がいたな。そんなにリキむなよ、そんなにグチるなよ、歌詞が全部グチじゃないかって、おれはそう思っちゃってさ、ヤだねと思ってた。
おれのおやじのヨシオさんは、面白いんだかつまらないんだか、黙々と大工やって、おれと妹を育てた。グチを言っちゃおしめえよって顔して
ベンさんはタバコに火をつけた。

「千年以上も前から、人間社会の現実なんて変わっちゃいないんでしょ？　こう生きれば正しいなんてこともないんでしょ？

こう生きる、ああ生きる、どっちを選んでも、選ばなかったほうに多少の未練は残るだろうし、どっちかが少しマシなだけだよね。

そんなふうに思ってさ、女に夢中になって、子供ができて、ふたり目もできて、そんな女がいなくなっちゃうんだ。もう何も間に合わねえ。

そんなおれに、それでもグチるなって、そう言ってくれるのが、吉行」

雨と風がブルーシートを鳴らしている。


「今朝ね、仕事を始めてちょっとしたら、見知らぬ男が現れて、挨拶もしないで現場

のあちこちにカメラを向けて、車に戻ってケータイで喋ってるんだ。

そしたらいつのまにか車は消えて、あれ、宇宙人が来たのか？　って気がしてた。

しばらくして車の音がして、その宇宙人が、スーツ姿の男といっしょに来たわけ。

大工さーん、大工さーん、って二度呼ばれたら無視できないから、ふり向いて会釈したのよ。

スーツの男が名刺を出したら、不動産会社の支店長。こちら、ここの建て主さまです、って紹介で、宇宙人が建て主とわかった。

お世話になってます、と言うしかないよね。

雨、なんとかならないですかね。建設途中の家が、雨で濡れてると建て主さまが気にしていて、雨に濡れた証拠を写真に残してあるって言うんですよ、と支店長が言うわけさ。

雨に濡れた証拠ってなに？　そう聞きたかったけど、おれ、大工も雨は嫌なもんです、と言ったよ。

いや、そうじゃなくて、と宇宙人が初めて喋った。

こっちは血を吐く思いで働いて、35年ローンでマイホームを建てるんだ。いや、建ててやってるんだろ。なのに、なんだ、こんなに濡れたままにして。あやまれよ。

それ聞いて、こいつはやっぱり宇宙人だ、って思ったよ。あんただってサラリーマンで、私の思いはわかるだろう。あんた、大工に遠慮してるんだ、って建て主は支店長に言ってる。

そしたら支店長はおれに向かって、家が濡れないようにブルーシートをかけて進める方法もあるでしょう。今日のところは建て主さまにあやまってくれ、こっちは大工を代えることだってできるんだから、ときたもんだ。遠慮もなにもしない顔つきになってね。

大工を代えても雨は降るよ、と言いたかったけど。さすがにガマンしてさ、面倒だったけど、ブルーシートをかけて仕事を続けさせてもらいますって、あるだけのブルーシートをかけたら、宇宙人も支店長も、そうすりゃいいんだ、って態度で帰って行った。ブルーシートをかけたって、ほとんど役には立たないけどね。

そういえば、この現場、ばかに雨が多いけど、宇宙人の奴、よほど普段の行いが悪いのか？　いや、そいつのマイホームを建てるんだから、おれの行いがもっと悪いのかも。笑っちゃうね。

ああ、そうそう、今度、いつやるの、女優M子研究会」

ベンさんが楽しそうに笑った。

ふくろう

それから間もない土曜日の晩、ベンさんが私の家に来た。ベンさんがゆっくり酒を飲めるのは、翌日が仕事休みの土曜日しかない。

「これ、知ってる?」

ビールを飲みながら、ベンさんが紙袋から絵ハガキを出した。

「知ってる」

私も持っている同じ絵ハガキだった。

「ほんめつとむの『白い月』」

何も見ないでベンさんは、絵の作者と題名を言った。

背景は蒼い闇。大きな白い月がのぼっている。葉っぱのない太い枝の木が黒く描かれ、その枝に茶色っぽいふくろうが、ぱっちりとした目をしてとまっている。

「この絵をね、なんで笑っちゃうほど何度も見たくなるかっていうのをね、誰かに話したかったんだけど、それをする相手がいなかったんだ。

変なおっさんと会ったから、それを言えるね。女優M子研究会でなかったら、その話、しねえよ」

ベンさんが親指に巻いた絆創膏を剝がし、傷に息を吹きかけた。節くれだった大工の指が、絵ハガキをつかんで、しばらく見つめてへへへと笑った。


「なんだよ、気味の悪い笑い方だな」

「気味の悪い話だからね。

この絵ハガキの絵、『白い月』ほんめつとむが描いたんだけど、うちの、サクラかマサシのどっちかが描いたか、ふたりで合作したか、そんな風に思ったりするわけ。

というのは、この絵のふくろうが、おれには、おれに見えるのよ。

女がいなくなっちゃって、おれを置いて、赤ん坊をふたり置いて、いなくなっちゃった夜の、おれ。

そのおれが、ふくろうになって描かれてる。

あのときのおれを近くで見ていたのは、サクラとマサシだからな。

それはまぁ、あとからくっつけた理屈だけど、あの夜、お月さん、おれには真っ白に見えてたと思うわ。

ましてサクラとマサシには、おれよりも真っ白けに見えただろうなぁ。

まいった。ほんめつとむにはまいった。この『白い月』って絵は、おれのために描いてくれたのか、って思っちゃうよ。

ま、それはおれの話で、ほんめつとむは、自分をふくろうにして、というより、ふくろうを描いたら自分になっちゃったっていう絵なのかなぁ。

なにを考えて描いたなんて、おれにはとうていわからないけど、絵って不思議だ」

ベンさんがポケットから新しい絆創膏を出して親指に巻きつけた。

「じゃ、おれも自分の話をしたくなった」

と私も話し始めた。

「この絵ハガキのふくろうを見ているると思いだす奴がいて、彼を思いだすと、ある有名人に会ったことも思いだすんだ」

「その有名人ってのの、誰？」

「高倉健」

「タカクラケン？　嘘だろ。タカクラケンに会ったなんて、嘘だよ」

「ベンさんに嘘ついてどうなる。世間には嘘っぱち言うけど、女優M子研究会で嘘はつかない」

「いやいや、タカクラケンときたから、びっくりしちまうよ。話、してよ」

私は絵ハガキをビールの瓶に立てかけた。

ほんめつとむ

「白い月」

ペロちゃん

「長い話になるよ」

「いいよ。タカクラケンの話なら、長くてもいいさ」

「タカクラケン、好きなの？」

「おれが好きなのは吉行淳之介。特別に好きってわけじゃなくても、タカクラケンに会ったとか言われちゃ、気になるべ」

とベンさんが笑った。


1984年7月から1年ほど、私は北海道勇払《ゆうふつ》郡早来町《はやきたちょう》富岡（現安平町《あびらちょう》早来富岡）の吉田牧場で暮らした。名馬テンポイントの故郷になる牧場である。

競馬のことを文章で表現したかった私は、競走馬を生産する牧場の日常、春夏秋冬の流れを知らなければならぬだろう。そう思ったのが、牧場暮らしを望んだ理由だった。

吉田牧場の敷地は300町歩（90万坪）。繁殖牝馬馬房の棟の近くに、出産シーズンにのみ人が住む小さな家があり、47歳の私の住居になった。

そこで初めて眠った日の明け方、私は布団をはねのけた。その住居の水道がまだ使えなかったので、50メートルぐらい離れた馬房の棟へ水を汲みに走った。水を溜めた大きな桶にバケツを突っこみ、急いで住居に戻ったところで目が覚めたと言っていい。部屋の隅までが赤かったので、ボヤだと思ってしまったのだ。見渡すかぎりの放牧地の向こう、連なる森に朝日が昇り、その光が、私の住居を赤く染めたのだった。

夕方は、樽前山の方向に、2時間くらいは空が赤い。そのゆっくりした夕やけ空を眺めながら、テンポイントの墓の前を歩いていると、ギターの音が聞こえてくる。かしわの林の中で、ペロちゃんがギターを弾いているのだった。童謡が多いのだが、なかなかの腕前だ。

「どうしてそんなに上手なのよ？」

私が聞くと、22歳のペロちゃんは、ペロッと舌を出した。

彼は大阪から来たのだが、軽度の知的障害があり、放牧地でなく雑木林に繋がれたアテ馬（タネつけをする牝馬が発情しているかどうかをテストさせるための馬）に草をやったり、牧場で飼っているニワトリやヒツジの世話をしたり、いわば雑用係だ。人との会話が面倒になるとそうするのか、よくペロッと舌を出すので、そう呼ばれていた。


ペロちゃんについていろいろと聞きこみをすると、父親も母親も、障害を持つ我が子を、幼いころから音楽に親しませて、ペロちゃんは子供のころからギターを弾いていた。

両親はペロちゃんに、本格的にギターを学んでほしかったが、きびしくすると、すぐに家出をして何日か姿を消し、ふらりと帰ってくるのだそうだ。

父親が牧場主の吉田重雄さんと知り合いで、牧場を訪れたペロちゃんが、ここに居たいと言いだして、吉田重雄さんが受け入れた。半年近く、姿をくらますこともなく、雑用係を続けている。

だんだんとわかってきたのだが、ペロちゃんは誰かに聴かれるというスタイルではギターを弾きたくないのだった。勝手にかしわの木に寄りかかり、誰もいないときにギターを弾きたいのだ。

「カラスが、毛、タテガミ、抜いて、ス、巣をつくって」

とペロちゃんが私に話してくれた。

毎朝、アテ馬の背中にとまっているカラスがいて、タテガミをくちばしで抜いていき、そのタテガミで巣を作っているのだが、背中にとまっていても、まったく知らん顔をしている話だ。

アテ馬とカラスの友情物語をしてくれるペロちゃんに、

「一度でいい『春の小川』を弾いてほしいんだ」

と頼んだ。

ペロちゃんは、『春の小川』を弾いてくれた。かしわの林の中で。

それから半月ぐらいして、ペロちゃんがどこへ行ったのか、いなくなってしまった。

ペロちゃんがいなくなって、樽前山の夕やけを眺めていると、『春の小川』のギターの音が、私の耳もとで鳴りだすのだ。

そんな話を、吉田重雄さんと酒を飲みながらしているうち、

「牧場で音楽祭をやりたいなぁ」

クラシック音楽が好きな重雄さんがのってきた。

知り合いのギタリストに電話で相談すると、彼ものってきた。

そんなことで始まったのが、牧場内のトレーラーをステージにしたフモンケ音楽祭。

「フモンケ」は、地名の「富岡」のアイヌ語名。鳥の飛び立つ音という意味。第1回は、クラシックギタリストばかり3人。300人の客が来てくれた。

第2回からは、フルート、バイオリン、チェロ、ピアノの演奏者も参加して、10日間ほど、あちこちの町民センターや学校、障害者施設と活動が広がった。私が司会をさせてもらい、重雄さんと並んでプロデュースのような役割もあったので、毎年のこと、8月はほとんど北海道にいた。

音楽祭

フモンケ音楽祭が8年目を迎えたころ、広告会社の博報堂が、ＪＲＡ（日本中央競馬会）のテレビＣＭを高倉健にオファーしていた。

なぜ私が博報堂に呼ばれたのかよくわからないのだけれど、

「こういうセリフなら、言ってみたいなと、高倉さんが言ってるそうなんです」

というセリフが、私の『しあわせな競馬好きと呼ばれたいものだ』という本の中の、「トンボはいいな、勝ち負けがなくて」という一文だという。

牧場では、放牧地の牧柵に、よく赤とんぼがとまっている。その光景を見て、レースをするために生まれてきた馬の気持ちを、私は書いたつもりだった。

その後「あなたと話したい競馬があります」というキャッチフレーズで、高倉健が出演するテレビＣＭが流れることになるのだが、吉田牧場でのロケも多く、居合わせた私は、重雄さんと高倉健といっしょに昼ごはんを食べたり、そのＣＭに出演していた作家の山口瞳と並んで連れションをしたり、楽しかった思い出がある。

「え？」

ある日、重雄さんも私も驚き、そして喜んだ。第９回フモンケ音楽祭に高倉健が出ると言いだし、ゲストに宇崎竜童を呼ぶという。

早来町民センターで半日、高倉健と宇崎竜童と、私と電気係のおじさんと４人で、ぜったいに誰にも内緒ということでリハーサルをした。

とにかく内緒。知っているのは、重雄さんと私、演奏者のみ。

小さなホールで、客は３００人ほど。幕が開いて、何曲か演奏して、間に司会者として喋るときも、高倉健のことは言わない。


薄暗いステージに花束を持った高倉健が出て行った。ステージが少しずつ明るくなって、ピアニストに花束が渡されて、ステージの真ん中に高倉健が立った。

誰？　誰？

えっ？　まさか？

本物みたい。まさか。

だんだんと客席がざわついてくると、

「あいだに馬が、はさまって、人と人とが交流する。楽しいことも、馬のおかげ。それを忘れてはいけない。ナマイキにはなれません」

と高倉健が喋りはじめた。ぺらぺらっと早口で喋ったら高倉健ではなく、じっくり間をおいて、高倉健が喋っている。

「今、言ったのは、吉田重雄さんからの受け売りですが、ぼくも、そう思う。馬にはいろいろ教わります。けっしてナマイキにはなれません。

吉田重雄さんや、吉田牧場の皆さんに、ロケでご面倒をかけまして、なにかお礼をしたい、と思っていました。

フモンケ音楽祭、のことを聞きまして、もし、クラシックの演奏の邪魔にならなければ、出たい、と、そうお願いをしまして」

トークを終えた高倉健が、

「ゲストに宇崎竜童を呼びまして」

とステージはふたりになって、客席からは拍手が湧いた。

宇崎竜童のギターで、高倉健が『網走番外地』や『夜霧のブルース』を歌った。高倉健が風の如くに来て、風の如くに去って行った。

客席は高倉健という存在に酔っているようだった。小さな会場が圧倒されている。凄い拍手が聞こえて、高倉健と宇崎竜童が引っこんできた。付き人が外に続く扉を開くと、すぐそこに車が用意されていて、ふたりは乗り込んで一幕が過ぎた。

「さて、風の如くに高倉健が消えた直後に、自分は何を言えばいいのかと、思いをめぐらせたよ」

「興奮冷めやらず、だもんな。高倉健のあとか。きびしいなぁ」

とベンさんは眉間にしわを寄せながらも、私の言葉を待っているようだ。

「フモンケ音楽祭という手作りの時間を9年間も続けていたんだ。高倉健に負けるもんか、なんてね、ちょっと対抗心みたいなのも感じちゃったな。で、高倉健と宇崎竜童が受けた拍手に負けないくらいの拍手を、次の演奏で貰えないもんか、と思ったんだな。

そのときに、突然、ペロちゃんのギターが浮かんだ。かしわの林に座りこんで、『春の小川』を聴かせてくれたことを思いだしたんだ」

私は、ギタリストのひとりに、『春の小川』を弾いてくれないか、と耳打ちした。

私は、彼のレパートリーの中に童謡があることを知っていた。

まだざわついていて、熱気がこもっている客席へ、ここで一曲、童謡とつきあってみてください、とそれだけ言って、少し暗くしたステージの隅で『春の小川』が始まった。

「あのね、そのときの『春の小川』が終わったときの拍手の凄さ、忘れられないんだ。高倉健も宇崎竜童も凄い人で、客席は興奮したけど『春の小川』という曲も、その興奮と対決できるくらいの凄さを持っているんだなぁって、忘れられない場面のひとつだよ。

そう、その『春の小川』を思いつかせてくれたペロちゃんが、ここにいるんだよ」

と私はビールに立てかけた絵ハガキを見た。

「ほんめつとむの、『白い月』の、このふくろうはペロちゃん。ペロちゃんに見える。ああ、絵って不思議だな。一羽のふくろうが、子供をふたり置きっぱなした女にびっくりする男にも見えるし、ギターが上手な知的障害を持った若者にも見えるし」

「そのペロちゃんという奴、今、どこにいるの？　その後に会ったりした？」

そうベンさんが訊いた。

「襟裳岬に近い町の牧場に住み込んでるって知って、会いに行ったことがある。吉田牧場からいなくなって2年ぐらい過ぎてたな。おれを見たら、ペロッと、相変わらず舌を出したよ。


ところがね、ベンさん、ショックな知らせだった。襟裳岬まで会いに行ってから半年ぐらいしたころ、ペロちゃんが、自殺したって聞いたんだ。

自殺。自殺って、自殺しようって自分で思って、自分で決めるんだろ。

ペロちゃんが自殺というのが、どうしたって考えられなかった。

でも自殺したんだよ、ペロちゃん。和歌山県の熊野のほうの、神社の林で首を吊っていたというんだから」

そこで私は黙った。

ベンさんも黙りこんでいたが、『白い月』の絵ハガキに手をのばして、

「ほんめつとむ。ほんめ。『かえろうよ』という絵を描いたのは、ほんめとしみつ、だったよな」

「宮城まり子の本名が、本目眞理子だ。ほんめまりこ。つとむもとしみつも、養子にしたのかな」

私が言った。

「子供の絵だよね。子供が描いた絵だよな。『かえろうよ』も『白い月』も。

宮城まり子が描くきっかけを作ったにしても、描いたのは子供だよな。

絵って、誰でも描けるってもんじゃないよね。いや、ガキのころって、誰でも絵を描くんだっけか?」

そうベンさんが言うのを聞きながら私は、妻の親類に日本画家がいて、脳性まひで

左手が不自由な義弟に、

「ミノルくん、絵を描いてごらん。どんな絵でもいいんだ。マルを描きたかったらマル。バツを描きたかったらバツ。そのマルとかバツが、ミノルくんの絵であって、誰の絵でもなく、世界にひとつしかないマル、世界にひとつしかないバツなんだ。やってごらん。おもしろいかもしれないよ。元気が出てくるかもしれないぞ」

と、法事の集まりかなにかで言っていたのを思いだした。

そのときのミノルは18歳くらいで、画家の伯父の言葉をどう聞いたか、結局はなにも描くことはなかったけれど、横にいた私は、伯父さん、いいことを言うなぁ、と思った記憶がある。

トイレから戻ったベンさんが、

「しつこいようだけど、描いたのは子供だべ。よく描けるよなあ。不思議だよな。ねむの木で、ほかにもいっぱい、いろいろな子供が絵を描いてるけど、誰が見たって、すげえな、って思う絵ばっかり。宮城まり子が子供たちの絵を描く力を引っぱり出すわけだよね。

なんなんだ、宮城まり子って。宮城まり子って、なにものだ?」

長いひとりごとのようだった。

私は二階の仕事部屋へ行って、『ねむの木の子どもたちとまり子』という絵と文の本を持ってきた。


「読むぞ」

私は声に出した。

「宮城まり子の文だ。つとむの世界」


『「つとむちゃん」

「はーい、おかあちゃん」

「つとむちゃん」

「はーい、おかあちゃん」

日常の、なんといっていいか、つとむちゃんに、私はあなたを守っているという気持ちの表現でありました。足の股関節まで積もった雪の中を、右にとしみつちゃんの手を引き、そして、まったく動けない小さなつとむちゃんを抱え、学園へのおみやげの重い赤いローソクを袋に入れて担いだ私の命がけの雪のストックホルム。そしてやっとたどりついたホテルの入り口で「つとむちゃん」「はーい、おかあちゃん」。強いむすびつきを感じました』

この文の何ページかあとに『白い月』がある。そのとなりのページに、ほんめつとむの『ハメルンの笛吹き』という絵があった。

左と右にビルが描いてあって、それぞれひとつずつ、窓に明かりが点いている。右のビルから出ている看板の上を、笛を吹きながら歩く人が影絵のようだ。

ほんめつとむ

「ハメルンの笛吹き」

ドビュッシー

「この笛を吹いているの、吉行淳之介じゃないか」

ベンさんが笑った。

「だとしたら、このビルは銀座の酒場ビルってことになるかな。笛で吹いている曲は、戦争しないで女と遊ぼう、という曲だ。思うに、吉行淳之介という作家は、どうしても戦争をしなければ気が済まないニンゲンという生き物に絶望してた」

そう言って『ハメルンの笛吹き』という絵を見ている私に、吉行淳之介の文章が通過していく。

『昭和十六年十二月八日、私は中学五年生であった。その日の休憩時間に事務室のラウド・スピーカーが、真珠湾の大戦果を報告した。

生徒たちは一斉に歓声をあげて、教室から飛び出していった。三階の教室の窓から見下ろしていると、スピーカーの前はみるみる黒山の人だかりとなった。私はその光景を暗然としてながめていた。あたりを見わたすと教室の中はガランとして、残っているのは私一人しかいない。そのときの孤独の気持と、同時に孤塁を守るといった自負の気持ちを、私はどうしても忘れることはできない。

戦後十年経っても、そのときの気持は私の心の底に堅いシンを残して、消えないのである』

別の文章もやってくる。

『戦争中は、ドビュッシイのピアノ曲の中に溺れ込んだ。あんまり、溺れすぎて、空襲で家が焼けるときプレリュード全曲のレコードを持ち出した。いまのLPとちがって、当時のエボナイトのレコードはまことに重たく、片腕はそのレコードに占領されてしまった』

さらに、

『昭和二十年の八月十五日を境に、それまで死ぬことばかりを考えていた私は、生きることを考えなくてはならなくなった。そのとき私を襲ったものは解放感と、同時に、思い詰めた気持ちの行き場を失ったような虚脱感であった。結局、戦争が終わって私に残された二つの大きなものは、この虚脱感と人間にたいする不信の気持ちであったといえる。そしてこの二つは、今でもたえず隙間風のように私の心の中に吹き込んでくる』

　吉行淳之介は、空襲で自分の家に火が燃え移るのも見ていたし、旧制高校時代に心臓脚気と偽って休学し、その休学が生命を救うことになるのだが、順調に長崎医大へ進んだ親友のふたりが原爆で死んでしまったのだと思いながら、

「ずうっと、吉行は、ずうっと、ドビュッシーのピアノ曲に溺れて生きてやれってことなんだと思うな」

　と私が言った。

「なに？　ドビッ？」

「ドビュッシー」

「なに、それ」

「作曲家」

「なんなのかね、吉行淳之介っていうのは。宮城まり子ってのも」

「世間の常識から言えば、変わった男、変わった女、だろうな」

ベンさんが帰ってひとりになった私は、ふと、どうしてベンさんに高倉健の話をしたんだっけと考えた。女優M子研究会と高倉健に、どんな関係があったのだろう。ああ、そうだ。ほんめつとむが描いたふくろうがペロちゃんを思いださせ、そこから高倉健につながったのだった。

ペロちゃんが死んでから20年くらい経っているかな。思いをめぐらせた。

忘れていたよ、ペロちゃん。思いだしたんだよ、ペロちゃんを。

襟裳岬のほうの牧場で会ったよな。春だったから、私が、襟裳の春は何もない春ですって歌ったら口を大きく開けて笑ったペロちゃんのうしろに、菜の花が咲いていたのをおぼえてるよ。

今にも倒れそうなおんぼろの馬房ばかりの牧場で、ペロちゃんはボロ出しをしていた。ボロ出しって、馬の糞を外に出して、尿のしみこんだ馬房の寝藁を干すようにするんだよな。

あの牧場、おじいちゃんとおばあちゃんのふたりでやってたんだよね。そこへペロちゃんが住みこんでた。

でも結局、北海道を逃げだして、大阪へ帰ったペロちゃんは、和歌山で死んでしまった。

ペロちゃんと過ごした時間は多くはなかったけれど、会っているときには、この青年、生きていくの、大変だろうなぁ、と思ったんだよ。

そう思ったけれど、ギターを弾いて、ペロッと舌を出して、へらへらっと笑って、明るくのんきに、どうか傷つくことがないように生きていってほしいと願いながら、深く考えることがないように、とも思ってた。

深く考えることがないように、なんて思って、ごめん。深く考えない人間なんていないよね。めちゃくちゃさびしくて、めちゃくちゃ空しくて、めちゃくちゃ怒っていて、めちゃくちゃ諦めたりして、それで自殺をしたのかもしれない。

私は、ペロちゃんに、どういうことを言ったろう。ペロちゃんはいい奴だ、ペロちゃんみたいに他人と争わない奴が好きだから、やさしいつきあいができていたはずだけど、もっと別なつきあいかたがあったのだろうか。

ペロちゃんが宮城まり子のねむの木学園に行っていたらどうだったか、と私は目をつぶった。

ほんめつとむが『白い月』を描いたように、ほんめとしみつが『かえろうよ』を描いたように、ペロちゃんも絵を描くようにギターを弾き続けたかもしれない。

そう思って、不自由を引きずっているひとりひとりの子供に、心血を注いで向きあってきた宮城まり子って、想像もつかないぞと頭を下げた。

星

仕事部屋で、宮城まり子の文章を追った。

『きりよは十九歳、小学校五年生、五年まえにねむの木にきて、すぐおかあさんが亡くなった。学校に行ってなかったので、十五歳で一年生であった。からだは小さい。言語に障害を持つ。どうやって、おかあさんの、死を教えるか、理解させるか、困った。四つの役をつくった。

まず私が、きりよにいった。

人が死ぬと、星が一つ空に増えるよ。それは、空を美しくするため。今夜あたり、月のそばに、大きな星が出るかもしれない。その星を見つけたら、なんの字でも、このノートにかいて。きりよちゃん、まっ白なノート、持ってないから、このまっ白な、かわいいノートをあげるね。私、いつでも、お話をするわ』

『すぐあと、指導員の男性が、わりに事務的に、きりよちゃん、おかあさんが、病気で死んだんだよ、と教えた。

きりよは、死ということが、ぴんとこないらしく、きょとんとしていた。

保母が、かわいそうだったね、と抱いた。入院中のおとうさんからの知らせは、亡くなった一ヵ月もあとだったので、彼女は、お葬式にいかない。実感はないだろうから、教えずにおこうかと相談したのだけど、おかあさんの死を知らせるべきではないだろうかと、こんな方法にした。

夜、きりよは、一人、プールのところに立って、空を見ていた。きのう、たしかめてあった星は、月のそばで輝いていた』

『白いノートに、なにやらかいて、私に見せてくれた。私は、読めない字でも彼女の心がわかるような気がした。そう、星が一つあったのね、やっぱり死んだのね、と言った。

そして、一年たって、長く入院していたおとうさんが、亡くなった。あまり、しゃべることのないハンディキャップを持つ少女に、どうして、こんな運命がめぐってくるのかと、私は声もでなかった。そっと、教えた。反応はなかった。長くはなれて、祖母と暮らしていた子に、父母の死は、そんなにひびいていないのかと、別の意味で安心した』

私は、指導員の男性に、保育士に、宮城まり子に、月のそばで輝いていた星に向けて、すごいな。と、そんな気持ちで窓の外に広がる夜空を眺めた。

空の遠くにペロッと舌を出したペロちゃんの顔を、しっかりと浮かべた。

ねむの木小史

手元にある『ねむの木学園小史』には、ねむの木学園の歴史が記録されている。学園の用地が決定したところから、福祉法人の設立、日本で初めての養護施設の学園の認可、学校法人の認可、さまざまな設備建築の歩みにくわえて、美術展や映画製作、画集や詩集の刊行、いくつもの受賞歴や、日本国内だけでなく、世界に広がる子供たちの活動が記されている。国内外から届いた、学園を称える声も知ることができ、その功績に圧倒される。

1965・7　静岡県小笠郡浜岡町池新田に用地決定。すべてのこどもに教育が受けられる権利があると考え始めて10年。6月、海の見える砂丘のそばの小高い山、静岡県小笠郡浜岡町に用地を決定する。

1967・8　第1期工事着工。

1967・9　起工式。
1968・1　社会福祉法人ねむの木福祉会設立認可。
1968・3　第1期工事竣工（児童居室2、教室兼ホール、保母室、浴室、厨房、洗面所）。
1968・4　障害児を守る法がなく、日本で初めて障害を持つ子の養護施設ねむの木学園設置認可。
落成式及び開園式。浜岡町立浜岡第一小学校・浜岡中学校ねむの木分教場開設。
1969・3　第2期工事竣工（児童居室4、教室4、児童治療室、職員室、はじめのおへや応接室）。
1969・4　定員増認可（50名に）。
1969・6　「ポッポちゃんのプール」完成。
1970・3　第3期工事竣工（職員住宅、小ホール、日常生活動作訓練室、ゲストルーム3）。
1971・10　第4期工事竣工（機能訓練室、職員住宅）。
1973・4　肢体不自由児養護施設ねむの木学園となる。

1974・4　ねむの木分教場に障害別の特殊学級設置認可。映画『ねむの木の詩』初上映。

1974・11　第5期工事竣工（グラウンドのお部屋、児童居室4、ナースステーション、日常生活動作訓練室、職員住宅、裁縫室、脳波室、母子入園室、ねんねのおへや静養室、モニター室、みんなのホール（ステージ兼多目的ホール）、運動場、機械室、倉庫。

1975・9　第6期工事竣工、（食堂、厨房、浴室、便所）。

1975・10　定員増加（70名に）。

1976・3　浜岡砂丘に売店・喫茶「マリカ」完成。児童の職業訓練の場として実習、営業開始。

1976・4　ねむの木学園職能専門高等学院開設。ねむの木美術教室開設、本格的な絵画教育開始。

1976・12　東京渋谷区東急百貨店にて初の美術展開催。

1977・1　映画『ねむの木の詩がきこえる』完成。

1977・4　ニューヨーク・ジャパン・ソサエティーにて美術展。カーター大

1977・6　統領夫人のお望みでホワイトハウスに2点入館。カーター大統領夫人より「永遠に続く友情をもち、日本とアメリカの友好のために尽くしましょう」とのメッセージをいただく。

1978・8　画集『ねむの木の詩』第1集宮城まり子編刊行。

1979・1　「ねむの木チビッコロックバンド」大阪でデビュー。

1979・3　画集『ねむの木の詩』第2集宮城まり子編刊行。

1979・4　本当の教育を考え、学校法人ねむの木学園設立認可、ねむの木養護学校設立認可（学級数6、定員63名）。

第7期工事竣工（ねむの木こども美術館、ねむの木図書館、教室3、茶室）。

1979・5　肢体不自由児療護施設ねむの木学園となる（定員70名）。ピアニストのクリストフ・エッシェンバッハ氏来園。ねむの木こども美術館にてピアノコンサート開催。エッシェンバッハ『ピアノ練習曲LP22枚』のジャケットに、こどもたちの絵を希望される。たちまち売り切れ（ポリドール）。

1979・8　ブルガリアで開催された国際児童年記念「第1回こどもアッセン

1979・5 ブリ平和の旗」に宮城まり子が日本代表としてこども8名と参加する。絵画・詩を発表する。

ねむの木学園設立以来、10余年の実績が認められ、成人に達しても必要であればとどまれる「肢体不自由児療護施設」という新しい制度が生まれた。

1979・11 内閣総理大臣賞受賞。

1980・1 映画『虹をかける子どもたち』完成。

1980・3 第8期工事竣工（中庭のおへや、児童居室7、ナースステーション、洗濯室、中庭、教職員住宅）。

1980・8 としみつ画『雪だるまの赤ちゃんエーンエーン』美術展ポスター生活産業局長賞受賞。

1980・12 国連カレンダーに、こどもたちの絵が採用される。

1980・9 映画『虹をかける子どもたち』、「アデライデ・リストリー賞」受賞。

1981・2 森のおへや（視聴覚室）完成。

1981・4 京都リハビリテーションセンター設立のため、宮城まり子、チャリティテレソン『まり子の30時間テレソン』に出演。こどもたちもミュージカル・コンサート、茶道など披露。

1981・6　浜岡町に売店「ホムジーショップねむの木」開店。実習開始。

1981・8　宮城まり子編・としみつ画『としみつ』刊行。

1981・12　東京都の身体障害者の方々のためのチャリティーコンサート第1回虹のファンタジー「まり子と歌うねむの木のこどもたち」に出演。感謝状をいただく。年末チャリティショーNHK『広げよう心の輪』出演。

1982・3　家庭科室、木工室完成。ねむの木養護学校高等部設置認可（3学級、定員27名）。

1982・4　ねむの木養護学校高等部開校入学式。

1982・8　ブルガリアで開催された第2回「世界のこどもの教育を考える」日本代表として宮城まり子、こどもたち3名を連れて参加。シンポジウム及びパネルディスカッション講師。

1982・9　台風18号被災の友達のために、こどもたちの発案で街頭募金をし、差し上げる。日本赤十字社より感謝状をいただく。

1982・10　たかゆき画『ぼくのまり子』東京人形町のサンマルコビルの大壁画となる。

1982・12　第9期工事竣工（救急看護室）。宮城まり子文・きよみ画『たんぽぽの子』刊行。としみつ画『雪だるまの赤ちゃんエーンエーン』文房具他のキャラクター商品としてデビュー。

1983・5　毎日新聞社より、画集『ねむの木こども美術館』刊行。

1983・6　チューリッヒにて美術展開催。クリストフ・エッシェンバッハ氏、初日に絵の前でピアノを弾いてくださる。

1983・8　たかひろ『詩集たかひろ』刊行。

1983・11　ストックホルムにて50日間、美術展開催。

1983・12　スウェーデン・ヨーテボリにて講演。ケネディ財団における「障害児の教育を考える」に招かれシンポジウム。宮城まり子製作・監督による『A BIG HAND FOR ALL CHILDREN』を上映。各国から講演、フィルムの要請があり、てんてこまいで送り出す。

1984・1　横浜高島屋美術展にて、6日間、入場者24万6千人の新記録達成。

1984・4　劇団「虹」結成。ミュージカル『イルマ・ラ・ドゥス』に出演、プロとして初舞台。

1984・5　ワシントンにて開催された「全米特別芸術祭」に日本代表として5名招待参加、ダンス、茶道を披露。

1984・9　NHKラジオドラマ『新しい人よ眼ざめよ』（大江健三郎）の挿入歌を歌う。

1984・10　内閣総理大臣中曽根康弘氏視察。「こどもたちの才能を引き出す秘密は愛情とわかり、参考になった。福祉行政にいかしたい」と評価される。

1985・1　アフリカ難民のためのチャリティーコンサートに出演し、アフリカ協会より感謝状をいただく。

1985・4　天皇陛下より御下賜金伝達される。東京のゆうぽうとホールにて、クリストフ・エッシェンバッハ指揮、チューリッヒ・トンハレ管弦楽団コンサート。アンコールで学園児とスイスの大使館のこどもたちと『ピーターと狼』のテーマをエッシェンバッハ氏が指揮。宮城まり子、ソリストとして出演。

1985・5　第10期工事竣工（教職員住宅）。

1985・11 「こどもの城」開館記念コンサート「かがやくこどもたち」(青山劇場)に、ねむの木のこどもたち、郡山マンドリンクラブとともに出演。オーケストラは東京室内管弦楽団。

1986・1 全国カレンダー展にて印刷時報社賞受賞。

1986・3 映画『HELLO KIDS』完成。青山劇場にてアンコール講演「350人による春のコンサート」。東京のこどもたちのコーラス300人、ねむの木50人。

1986・6 ニューヨーク・ハーレムのアポロ劇場で、映画『HELLO KIDS』を上映。その収益金でハーレムのこどもたちのための家庭教育及び校外の教育に使える奨学金「MARIKO NEMUNOKI」を設立。

1987・4 何人かのこどもたちが、手描き友禅の指導を受け始める。

1987・7 パリに向けてこどもたち8名の合作、幅3・6メートル、長さ6・4メートルの大きな友禅『21世紀の花火』完成。

1987・9 ねむの木学園20周年記念コンサート「宮城まり子とうたう・こども・愛・祈り」。

1987・12 フランスのパリ市立近代美術館において、美術展『NEMUNOKI』

1988・3　開催。あわせて画集『NEMUNOKI』及び絵葉書を刊行。
第11期工事竣工（職業実習棟）。新幹線掛川駅に、としお画『祈り』、としみつ画『虹の太陽』壁画として協力。

1988・5　ビクターレコードの『NEMUNOKI』レコーディング始まる。

1988・6　ねむの木こども喫茶店・作品室「モモ」開室。

1989・4　東京・アーバンネット池袋ビルにて、吉岡常夫氏の指導のもと、大理石の染色モニュメント製作、除幕式及び植樹祭。

1989・5　逓信総合博物館に宮城まり子制作『母と子』のレリーフ完成。こどもたち、除幕式に出席。ＣＤ『NEMUNOKI』発表記者会見、コーラス披露。

1989・8　神戸市政１００周年・フェスティバル神戸大会記念美術展、講演会、映画会、コンサート「こうべ・ねむの木・宮城まり子」出演。

1989・10　砂防会館ホールにてコンサート「星が見える心…うたとおどりと和楽器と」開催。静岡文化会館にて『星が見える心…うたとおどりと和楽器と』を上映。

1989・11　掛川駅構内の「これっしか処」にねむの木こどものお店開店。

１９９０・２　ヒューストンで開催されたクリストフ・エッシェンバッハ指揮ヒューストン交響楽団コンサートのため、こどもたち3名、宮城まり子とともに渡米。３０００人ものパーティに堂々と出席。
１９９１・２　丸子梅園にて満開の梅のもとでお茶会開催。お点前を披露。
１９９１・４　としみつ画・宮城まり子ナレーションによるビデオ『としみつ』発売される。
１９９１・５　ニューヨーク市ジャパン・ソサエティーにて美術展及び美術・障害児教育等の専門家によるシンポジウム開催。9月はケルン、10月はローマにても、同シンポジウム開催。
１９９１・７　辻村賞受賞。
１９９１・10　エイボン女性大賞受賞。
１９９２・５　第12期工事竣工（教職員住宅増築）。静岡県・浙江省友好提携10周年記念「浙江省障害者芸術団とねむの木友好コンサート」を浜北文化センターにて。
１９９２・11　広島大学から、第1回「ペスタロッチー教育賞」受賞。
１９９２・12　天皇・皇后両陛下ご臨席「国連・障害者の十年　最終年記念式

典」に、宮城まり子とこども代表列席。第2部「宮城まり子とねむの木のこどもたち」コンサート。

1993・3　「マリカ」改修工事完了（2月16日工事開始）。宮城まり子、東京都文化賞受賞。パーティにてこども代表コーラス披露。

1993・9　厚木市文化会館開館15周年記念『ねむの木のこどもたちとまり子美術展』「宮城まり子とかがやくこどもたちコンサート」。

1993・11　ダスキン30周年記念式典（ハワイ）にて宮城まり子とこどもたちコーラス披露。

1994・1　掛川市上垂木「ねむの木村」起工式。掛川の桜木池の周辺、花と緑の里に、お年を召され障害をもたれた方の施設の新設と肢体不自由児の学園ならびに学校の改修・新築をもって、日本一の福祉文化村を期し、工事の安全を祈願する。宮城まり子とこども、教職員代表、榛村純一掛川市長、関係者１００人が列席。

1994・3　『しょうごその絵の世界　もうひとつのねむの木、情熱色の人・しょうご』。東京・玉川高島屋にて、しょうごの個展とショー「宮城まり子とねむの木のこどもたち」。

1994・4　天皇陛下、皇后陛下、ねむの木学園ご視察。ご先導ご説明は宮城まり子。はじめのお部屋―やさしいお部屋（絵）―りんごのお部屋（算数）―中庭―みんなのホール（歌『幸せは樹のように』『ママに捧げる詩』。ダンス『いのり』『マンティカ』）―PT室（訓練）―高等部（木工・織物）―オープンクラス（国語・算数・絵）―美術館。天皇・皇后両陛下は、ひとりひとりのこどもにお声をかけられ、終始なごやかにご視察される。

1994・5　小倉そごうにて『ねむの木のこどもたちとまり子美術展』。宮崎市制70周年記念・福祉文化公園開園記念「ふれあいコンサート94宮城まり子とねむの木学園のこどもたち」を宮崎市民会館にて。

1994・6　東京ゆうぽうとホールにて「ねむの木学園27年目のコンサート」。

1994・7　第27回公演「角笛シルエット劇場」を主催。浜岡町と周辺市町村のこどもたちに視聴覚教育として提供。

1994・9　「ねむの木村」第1期造成工事着工（平成6年度分・身体障害者療護施設建設用地の造成）。

1994・11　鎌倉女子大学にて、宮城まり子講演とねむの木学園のこどもたちミニコンサート。宮城まり子、第25回博報賞「博報堂教育特別賞」受賞。

1994・12　宮城まり子、セイクリッド・ソウル賞受賞（インドネシア・ジャカルタ）。

1995・2　平成6年度分・その2・道路造成工事。

1995・4　福岡正信先生の農法による粘土だんごの作り方、蒔き方、実際に栽培された野菜の見学などの実習をする（宮城まり子園長、職員、こども5名）。その後、ねむの木村で粘土だんごの種蒔きをする。講師福岡正信先生（トウモロコシ、大根、大豆、いんげん、ほうれんそう、南瓜など）。横浜そごうにて『ねむの木のこどもたちとまり子美術展』。

1995・6　第28回公演「角笛シルエット劇場」を主催。午前（保育園児・幼稚園児）、午後（小・中・高・一般・ねむの木学園）。宮城まり子が浜岡町とその周辺市町村のこどもたちに視聴覚教室として提供する。

1995・7　『エンカンタダス』宮城まり子ソロ、クリストフ・エッシェンバッハ指揮。

1995・8　第19回全国高等学校総合文化祭新潟大会に、静岡県代表として、つとむの手描き友禅が出品される。

1995・10　身体障害者療護施設「のどかな家」建設地鎮祭。宮城まり子理事長とこども、教職員代表29名が参列。

1995・12　東海郵政局より、こどもたちの絵はがき「夢いっぱい」が発売される。

1996・1　肢体不自由児療護施設「ねむの木学園」、「ねむの木養護学校」建設地鎮祭。宮城まり子とこども、教職員代表42名参列。

1996・4　ゆうぽうとホールにて、日本歌手協会第24回歌謡祭。宮城まり子とねむの木学園のこどもたち出演。

1996・5　小倉そごう百貨店にて『ねむの木のこどもたちとまり子美術展』

1996・8　コンサート「宮城まり子&酒田・ねむの木のこどもたち」、山形・酒田総合文化センターホール。

1996・9　『吉行淳之介にささげる　―　ねむの木学園コンサート・吉行淳之介展』を吉備路文学館にて。

1996・10　ねむの木村職員宿舎新築工事着工。
1996・11　久保田一竹美術館オープニングセレモニー応援コンサート、河口湖。パシフィコ横浜にて、ねむの木学園コンサート「こんにちは横浜」。
日本肢体不自由児協会より高木賞受賞。
1997・3　ねむの木村第1期建築工事、職員宿舎竣工（日本自転車振興会競輪補助事業）。
1997・5　ねむの木学園・ねむの木養護学校、長年住み慣れた浜岡町から掛川市上垂木「ねむの木村」に移転をする。トラック20台、ボランティア40名、教職員の手により、荷物が運ばれる。5月25日、宮城まり子園長、教職員の出迎えにより、こどもたちが、初めてねむの木学園に入る。若葉に7色のテープがなびき、こどもたちと教職員の歓声が「ねむの木村」に響く。玄関ホールで、宮城まり子園長の指揮により『遠い日の詩』を合唱する。5月27日、ねむの木学園での生活の準備ができるまで、ねむの木のどかな家で生活する。7月10日、ねむの木学園での生活を始める。

1997・7　掛川市生涯学習センターにて、第30回「角笛シルエット劇場」。
掛川市のこどもたちに初めて美しい影絵を提供する。秋篠宮殿下、秋篠宮妃殿下、ねむの木学園ご視察。宮城まり子園長のご先導により、オープンクラス、織機の部屋、こどもたちの部屋をご覧になり、みんなのホールでこどもたちのコーラスをお聞きになる。お茶室で、両殿下にこどもたちのお点前でお茶をさしあげる。両殿下は終始なごやかにこどもたちにお声をおかけになる。

1997・8　ねむの木のどかな家施設運営開始。「森の喫茶店ＭＡＲＩＫＯ」開店。吉行淳之介文学館着工。

1997・9　なかよしのお家着工。ねむの木学園秋祭り。ねむの木村で初めてのお祭りに、お客様、掛川市の民謡クラブや地元の方々が参加。こどもたちはダンスを披露。地域交流ホーム着工。ログハウスにこどもたちの絵を展示する「おうち美術館」をつくる。

1998・2　地域交流ホーム竣工（日本自転車振興会競輪補助事業）。

1998・3　ハーモ美術館にて、ねむの木アンコール展。吉行淳之介文学館竣工。

1998・4　諏訪ハーモ美術館にて、ねむの木学園こどもたちとまり子美術展。ガラス屋さん、雑貨屋さん、毛糸屋さん、こどもたちの3つのお店開店。中庭のお部屋、グランドのお部屋、デージー棟、訓練室などに壁画を描く。中庭に噴水を造る。

1998・6　掛川市生涯学習センターにて、第31回「角笛シルエット劇場」を主催。

1998・6〜7　『ねむの木のこどもたちとまり子美術展』をコープこうべ生活センターにて。

1998・8　静岡県教育委員会主催「いきいき共演プラザ」静岡県養護学校代表としてコーラスを発表する。ねむの木学園夏祭り。

1998・10　日本歌手協会第25回歌謡祭をゆうぽうとホールにて。宮城まり子とねむの木学園のこどもたち出演。新国立劇場「誕生」「道」で宮城まり子とねむの木学園コンサート。新しいダンスを加え、多くの観客に感動を与える。

1998・11　「吉行先生ありがとうコンサート」を、世田谷文学館文学サロンで。

1998・12　吉行淳之介文学館お茶室着工。第1回静岡県障害者芸術祭に静岡

県代表として出演（静岡市グランシップ）。特殊教育120周年記念式典において、宮城まり子校長が教育功労者として表彰される。パシフィコ横浜にて、宮城まり子とねむの木学園コンサート。天皇陛下から御下賜金を賜る。

1999・1　ねむの木こども美術館着工。掛川市連雀にねむの木学園店舗ギャラリー着工。

1999・4　エルメスインターナショナルのデュマ社長来園。『アラスカで泳ぐ鹿』を描いた本目力と芸術著作権譲渡契約を結ぶことが決まる。

1999・4〜5　開村式にむけて、吉行淳之介文学館、ねむの木こども美術館の開館準備をしたり、倉庫に壁画を描いたりする。

1999・5　ねむの木村開村式。坂本由紀子静岡県副知事、新村純一掛川市長、ねむの木村建設にかかわった多くの方々の祝福を受ける。全国肢体不自由児療護施設静岡大会が、ねむの木学園を会場にして開催される。厚生省障害福祉課長補佐、静岡県障害者支援室長、施設長、指導員が参加し、福祉のあり方について討議される。埼玉県三郷市にて、宮城まり子とねむの木学園コンサート。

1999・6
私立特殊教育学校連合会教職員研修会14名の校長、教頭、教諭が、ねむの木養護学校のこどもたちの造形活動を参観した。第32回「角笛シルエット劇場」を主催。

1999・7
ねむの木学園夏祭り。新国立劇場にて「宮城まり子とねむの木学園コンサート」。

1999・9
吉行淳之介文学館「和心庵」茶室びらき。裏千家御家元鵬雲斎宗室様のご臨席を頂き、御家元命名「和心庵」の扁額除幕が行われた。「和心庵」にて、宮城宗磨、本目宗俊、本目宗力、の3名がお茶名を授与される。

全日本音楽教育研究会全国大会静岡大会の心身障害教育部会にて、宮城まり子校長講演『歌詞とメロディと心』。こどもたち演奏、『幸せは樹のように』『小さな木の実』『ハレルヤ』。校長の講演とともに、指揮に、一心に歌うこどもたちに、全国の教師が感動した。

1999・10
第1回吉行淳之介文学館、ねむの木大学開講。講師、九州大学名誉教授・井口潔。

1999・11　宮城まり子、第10回ハーティヒューマン賞受賞。
城下町「ねむの木やさしいお店」オープン。
第32回ねむの木学園大運動会（ねむの木村での第1回目）。
「キラリ！ふれあいコンサート」掛川市生涯学習センター。掛川市立小・中学校親睦音楽会に参加する。

1999・12　第2回吉行淳之介文学館、ねむの木大学開講。講師、慶応大学名誉教授・村井実。

2000・1　天皇陛下から学校法人ねむの木学園に御下賜金を賜る。

2000・2　第3回ねむの木大学開講。講師、一番ケ瀬康子、宮城まり子。
昭和59年浜岡に贈られた岐阜名鉄市電車が、ねむの木村に運ばれてくる。

2000・3　2000年記念「宮城まり子とねむの木学園コンサート」、掛川市生涯学習センターにて。

2000・4　第4回ねむの木大学開講。道行桜「羽衣」シテ観世暁夫。

2000・5　宮城まり子、日本児童文芸家協会より児童文化功労賞受賞。

2000・7　第33回「角笛シルエット劇場」、掛川市の小・中学校のこどもたちとコーラスを通して交流する。

ねむの木学園夏祭り。

2000・8　浜岡からの思い出の電車に塗装工事。

2000・9　浜岡からの思い出の電車に絵を描く。

2000・10　浜松市フォルテにて「フォルテ de 茶の湯（裏千家淡交会浜松支部）」。宮城まり子の講演とねむの木学園席での、としみつ、つとむ、たけしの、お点前。

第33回ねむの木学園大運動会。

「キラリ！ふれあいコンサート」掛川市生涯学習センターにて。

2000・12　森に抱かれたねむの木村施設群が、第13回静岡県都市景観賞最優秀賞受賞。

宮城まり子、尾崎行雄記念財団第5回咢堂賞受賞。

2001・3　大阪市梅田スカイビル空中庭園展望台にて、『宮城まり子とねむの木のこどもたち美術展』。大阪国際会議場にて「宮城まり子とねむの木学園コンサート」。

2001・5　イラストレーター黒田征太郎とねむの木のこどもたちが、のどかな家の玄関の壁面に絵を描く。

2001・6　第34回「角笛シルエット劇場」。

2001・7　ねむの木学園夏祭り。

2001・9　東京都文京シビックホールにて、「宮城まり子とねむの木学園のこどもたちの世界」コンサート。

2001・10　1日も早く安心して生活できるようにと願いを込めて、ねむの木学園のこどもたちが自らアフガニスタン復興基金の募金活動を行う。

第34回ねむの木学園大運動会。フェスタ、麦の詩、お点前などに、ねむの木学園のこどもたちとのどかな家の方々がグラウンドいっぱいにみなぎる演技を披露する。

2002・4　美しい絵画の世界『ねむの木村』が、第17回公共の色彩賞受賞。

ねむの木MARIKOガーデン・MARIKOガーデンハウス竣工。

2002・6　第35回「角笛シルエット劇場」を主催。ねむの木MARIKOガーデンハウスのアプローチタイル3万枚を、こどもたちが貼り始める。

2002・7　ねむの木学園夏祭り。アフガニスタン難民救援資金として、こどもたちの募金を宮城まり子とこどもたちの代表、としみつ、つとむが日本赤十字社へ届ける。としみつ、つとむが立派にあいさつする。

2002・8　JFTD（花キューピット）第50回・全国静岡大会「ねむの木学園ミニコンサート」、アクトシティ浜松大ホールにて。

2002・9　『ナイーブな絵画展』。世界の著名な芸術家、ルソー、ピカソ、クレー、シャガール、マチス、ミロらとともに、としみつ、ゆみこ、たかひろ、かなえの4人が招待出品される。こどもたちの作品は、世界の超一流の芸術家のなかで堂々と輝いていた。福岡市美術館（9月7日〜10月14日）。

2002・10　岐阜県瑞浪市、瑞浪芸術館第18回企画展（10月12日〜11月4日）にて、『宮城まり子とねむの木学園祭展』。

2002・12　平成14年度特色教育振興モデル事業「緑にかこまれた広い自然の中で創造力と生きる力を育てる野外芸術活動の推進」の一環とし

て、花の種まき、球根、宿根草植えを始める。

2003・3　長崎県佐世保市ハウステンボス美術館にて『ねむの木学園美術展』。ねむの木学園の集大成として、はじめて「ナイーブ」を冠した美術展を、大がかりに開催する。厳選したこどもたちの作品750点を展示。遠くからもたくさんの方が訪れ、感動で涙ぐまれるかたの多いことに、こどもたちの作品のすごさを再認識させられる。こどもたちと職員も修学旅行として、大挙して出かける。美しいものにふれ、ますます創作意欲をふくらませる。この展覧会に合わせて、図録を刊行する。

2003・6　ねむの木村桜木池に、白鳥2羽（チックとコック）仲間入り。

2003・7　吉行淳之介文学館増築工事竣工。ねむの木学園夏祭り。

2003・8　掛川駅これっしか処で『ガラス作品小品集』。

2003・9　埼玉県菖蒲町より、ハナショウブ、アヤメなどの苗の寄贈を受け、吉行淳之介文学館に植える。

2003・10〜11　『ねむの木学園ナイーブアート展』を新潟県長岡市立上組小学校こだま美術館で。小学校で初の美術展となる。ねむの木のこどもたちの絵画が、小学校に大きな刺激をあたえる。父母の皆さんはもとより、地域の皆さんの来場者も多く、反響を呼ぶ。

第36回ねむの木大運動会。

掛川市生涯学習センターで「キラリ！ふれあいコンサート」。

2003・11　第3回全国障害者スポーツ大会わかふじ大会開会式にて、皇太子殿下、妃殿下をお迎えするねむの木の旗ダンスが、ダイナミックに展開される。

2003・12　第5回吉行淳之介文学館、ねむの木大学「ねむの木クリスマスコンサート」。日本を代表する国際的なバイオリニスト前橋汀子さんが、ロシアのピアニスト、イーゴリ・ウリヤシュさんと駆けつけ、十数曲演奏し魅了する。

2004・3　文部科学省平成15年度エコスクールパイロット・モデル事業として、ねむの木ＭＡＲＩＫＯガーデンねむの木観察の森散策路の舗装が完了し、車椅子による散策も容易となる。

2004・4　宮城まり子、児童の教育、学術文化の発展に尽くしたことにより「掛川市特別有功賞受賞」「東京都名誉都民」の顕彰を受ける。

障害児教育に取り組み、高校・大学への進学の道を切り開いてきたことにより「石井十次賞」を受賞する。

綴られた功績をベンさんに知ってもらいたくて、この小史をコピーして渡しておいた。居酒屋の隅の座敷で飲んでいるベンさんが、

「すげえもんだよな。こうやってメモみたいに書いてある一行に、どんな苦労があったかなんて、とても想像つかねえよな。

どんな悲しいことがあったとか、どんなうれしいことがあったかなんて、当事者ってか、宮城まり子と、職員と、そこにいた子供と、そういう現場にいる人にしか、わからないよな」

と感想を言った。

宮城まり子がやってのけるのではなくて、宮城まり子と、宮城まり子の中にいる女優M子とが、力を出しあっているのではないかと、私はそんなふうにも思っていた。

たえず励ましあい、或いは、ののしりあうこともあるだろうが、光と影とか、日常と非日常とか、表と裏、明と暗、本当と嘘とか、違うふたつのものが絡まりあって、ねむの木学園を作るエネルギーになってるのかも、と考えたりした。

そのエネルギーの底に根づいている精神は、反社会、反世間、反政治、反常識という、宮城まり子のレジスタンス、女優M子のレジスタンスではないだろうか。

宮城まり子と女優M子が別々にいて、いっしょに生きてるということになるのかもしれない。

「なんぼ愛があっても、愛だけじゃできねえよなぁ」

ベンさんが言い、それを聞いて私は、愛があっても芸がなければ、これだけのねむの木学園の歴史は生まれないだろうと思い、宮城まり子の愛と、女優M子の芸が、現場のひとつひとつの問題と向きあってきたのだろうと、

「宮城まり子だけでもできないし、女優M子だけでもできないことを、やっているのかもしれないね。芸がなくっちゃ、できないね」

私は言い、

「芸、かぁ」

とベンさんが何度かうなずいて、神妙な面持ちでビールを飲んだ。

私は聞いた。

「みんな押し入れの中に隠してるんだよな?」

「え?　ああ、本とか?」

「絵とか絵ハガキとか」

「隠してるわけじゃないけどさ、もし女優M子の絵を壁に飾ってごらんよ、あの家の中で、おれ、急に浮いた存在になるよ。

絵なんか描かないおれだから、みんな安心してる。普通の生活って、そんなもんよ。生活に困らない金を稼いでくること、それ以外のことは見えないようにしなくちゃね。

本もそうさ。吉行の本を読むなんてこと、おれんちでは、どうかしちゃったってこと。吉行が面白いって言ったって、本なんか読む時間あるなら、家建てろ、って言われるに決まってる。

ほんめつとむの絵ハガキなんか貼ってごらんよ、どうしちゃったの、って心配されるよ。

いやほんと、そういうもんだよ、生活って。心の中のこと、隠すことがさ、生活、っておれ思ってる。

宮城まり子って、生活の反対側みたいなことをしてるよね。それが宮城まり子の生活なんだろうけど。

ほら、本で読んだけど、浜岡ってとこに、最初にねむの木学園を作って開園式をやるとき、町役場の人に、記念品は名入れの灰皿とか鉄瓶がいいと言われて、そんなのダメ、けん玉かヨーヨーにしようって、宮城まり子だか女優M子が吉行淳之介にも相談して、記念品はヨーヨーになった、って話。

それが、宮城まり子の芸だよね。そういう芸を武器にして、世間と闘ったのかな、っておれ、思う。

吉行もそうかも。大工のおれが言っても、なぁにがって誰も相手にしないだろうけどさ、吉行も、芸で世間と闘ったのかも。

宮城まり子も女優M子も吉行淳之介も異端。芸があるから、しあわせな異端だな。おれもさ、たぶん、異端なのよ。だけど、芸がないから異端になれない。大工をやるだけ。ひどい人生だよなあ。

よく放棄しないで他人の家を建ててるよ。

ひょっとして、おれに人生放棄させないために、女が子供ふたりを置きっぱなしにしたってか。それが、愛かよ」

ウハハ、と大げさに笑ったベンさんは、

「ゆうべ、これ読み返してたんだけど、芸といえば、この本、すごい芸だよね」

と、紙袋の中から吉行淳之介の『原色の街』を出し、栞がわりの小さな紙切れをはさんだページをひらいて、私に渡した。

石膏色

『その女性が赤線地帯で働いているとき、私は彼女の部屋にかよった。私は彼女を傲慢的な心持ではあったが、やはり愛していた、と言ってよい。

赤線が廃止になる以前に、彼女のパトロンが、彼女に堅気の職を見つけてきた。生活を保障して、彼女がこの地帯から抜け出す機会を与えたわけであるが、一方、私は結核になって入院し、彼女との間は疎遠になったのだが、それでも都心からはるかに離れたその病院に、彼女は三度ほど見舞いにきてくれた』

『入院中、彼女との交渉を書いた私の作品が賞を受け、まもなく、私は退院した。しかし、私はほとんど動けないほどの病状であったことと、経済的に窮乏していたために、出むいていって彼女に酬いるところがなかった。もちろん、彼女は金銭の報酬を望むような人柄ではなかったが、私は彼女に会って題材にしたことについての詫びと謝意をあらわすことができないことに、気がとがめていた。
一つには、私の妻が、私が彼女に自著を送ったことを知って、ヒステリィ症状を呈したことも、私の行動を束縛していた。当時、私には、その症状をはねかえすだけの、気力を欠いていたのである』

私が文章を目で追っていると、いいよなあ、面白いよなあ、としきりに繰り返している。

『彼女は堅気の生活をつづけることができていて、ある街角のタバコ売場に座っていた。時折、私は自分の本ができると、紙につつんでその窓口から彼女に手わたしていた。

一度だけ、私は彼女と喫茶店で向い合ったことがある。そのころ、私の頭の中には、一たん赤線地帯の中の生活形態にまきこまれて、体が馴染んでしまった女は、外の地帯へ出たとしても彼女たちの体が、じりじりと元の街の方へ引寄せられてゆくのではなかろうか、という考えがあった。このときは、あきらかに、私はそういう問題についての作品を書こう、と考えていて、その材料を彼女から引出そうという心が動いた。

彼女は、生活形態が変ったとき、体の内部のバランスが崩れて、ジンマシン様のものに悩まされはじめた。その病状がまだつづいていて、彼女の顔の皮膚を傷めていた。そういう状況も、私の創作欲を刺激したものと思える』

しばらく静かだったベンさんが、私が目で追っていたページを覗きこんで、口をはさんだ。

「でさ、吉行は、その女から書く材料を引き出そうと考えるわけだよね、で、ここよ」

と、太い指で指した。

『私がさりげなく質問をはじめたとき、不意に彼女は表情をかたくして、

「もう、私から引出せるものは、何もないわ」

といった。その言葉は、私の心に突刺さり、私のうしろめたい心持をえぐった。私は、自分をなさけない人間と感じた。

それでも、時折、私は自著を彼女の座っている窓口に差し入れた。そして、また性懲りもなく、彼女を題材にした短編を書いた。一昨年のことである。その批評が新聞

に大きな活字で出た日、彼女から電話があった。私は不在だった。その電話のことを知って、私は久しぶりに彼女のいる街角へ出かけていった。しかし、そこにあった建物は取りこわされて、新しいビルが建築中だった。

彼女を探す手がかりを、私は知っていた。しかし、そうすることが恐かった。そして、そのままになった』

私が本をベンさんの手に戻すと、

「どうよ、これ。おれ、好きなんだわ、吉行のこういうのが、たまんなく好きなのよ」

と、ため息をついてビールをのみ干した。

私は聞いた。

「ベンさんが、今のページあたりから、吉行って芸があるなぁと感じるのって、どういうこと？」

少し考えたベンさんは、

「誰だって、人間は自分勝手な生き物だと思うんだよ。その自分勝手な生き物が、自分勝手になれない、なるまいとする。そのバランスが芸みたいに感じる。

吉行って、その芸があって、その芸を書いてる。

自分を情けない人間だと感じた、って書いてるけど、どんなになっても、どこで何をしていても、吉行淳之介は、人間というのは情けない生き物だと感じてたような気がするんだよ。

そういうことを考えさせてくれるから、おれは、吉行が面白い。

だって、おれ、情けないよ。女が子供を置いていなくなったとき、どういうことなんだ、どうしよう、って相談する人が誰もいないし、ま、相談したからってどうにかなることじゃないけど、ワラをもつかむ気持ちっていうの？　市役所へ行って、そういう窓口へ行ったんだ。

そのとき、それは女に男がいるか、薬物依存のせい以外は考えられない、って言われた。

言われて気づいた。ああ、男がいたのか。

覚えてるよ、そのときのおれを。

情けない奴だなぁ、と思った。

あのころ、おれ、人の家を建ててる場合か、って思ってた。だけどおれには、ほかに能はないし、そうするしかないんだって。

情けないし、なんとかしなけりゃって、二度目の奥さんと子供たちを育てようと決めたけど、うまくいかなくて、前よりも、もっと情けなくなっちまった」

「これよ、これ」

と、ベンさんは紙袋の中から2冊目の本を取りだした。『鳥獣虫魚』。

こちらの本にも何か所かに紙切れが挟まっていて、ここだここだ、と目印をつけた文章を探したベンさんが、声をおとして読み始めた。

『その頃、街の風物は、私にとってすべて石膏色であった。長くポールをつき出して、ゆっくり走っている市街電車は、石膏色の昆虫だった。地面にへばりついて動きまわっている自動車の類も、石膏色の堅い殻に甲われた虫だった。

そういう機械類ばかりでなく、路上ですれちがう人間たち、街角で出会いがしらに向かい合う人間たちも、みな私の眼の中でさまざまの変形と褐色をおこし、みるみる石膏色の見慣れないモノになってしまった』

ふう、とため息をつき、

「この本、二度目の奥さんが持ってた本。彼女と別れたのは、前にも言ったけど、5歳くらいになってたサクラが彼女に懐かなかったから。彼女はサクラにやさしかった。でも、やさしくすればするほど、サクラは彼女を嫌うわけ。拒否。あの拒否、すごかったな。彼女がおれの子を産んだことに、いのちがけで抗議するみたいな拒否だった。

おれ、考え抜いて、サクラのために別れたんだ。結局は、おれの勝手ってことなんだよな。

他人も、自分も、石膏色。それ、今も続いてる。

でも、ねむの木の絵を見てたとき、石膏色にちょっと色がついてきたような感じになって、それで、絵を描いた。女優M子の絵。

おれも宮城まり子に絵を描かされたのかもなぁ」

ベンさんが、にっこり笑った。

太陽の色

ねむの木村を取材して書いた文章が掲載され、その取材がきっかけで宮城まり子と電話で話をするようになった。

「わたしね、とっても不思議なの。自分にね、君になんかとても無理だよって、いつも言ってるような、そんな毎日を送っているうちに、おばあさんになってしまったのね。

チビだから、背のびをしてきたのかなあ。

不思議な、不思議な、不思議な一生。

ああ、淳ちゃんがさ、わたしに惚れたっていうのも不思議よね。

みんなさ、わたしが淳ちゃんに惚れたって思ってるみたいだけど、ちがう。

淳ちゃんが、わたしに惚れたの。

そうして、やがて、わたしも、淳之介さんに惚れてしまいました。ジャーン」

そんなことを、宮城まり子は、ゆっくりゆっくり口にし、

「もうさあ、いつね、明日いなくなっちゃうかもしれないけど、やることが、次から次に待ってるから、それを、ハアハアしながらやっていると、あっ、今日も一日、過ぎました、って。

来て。遊びに来て」

と誘ってくれる。

私はよく、画集『ねむの木の子どもたちとまり子』をひらく。

おとはたまさゆきの絵『大井川鉄道』。煙を空へ飛ばして列車が走る。夜に見えるが、明け方にも見える。

宮城まり子の文章を読む。

『初めて逢った時、私が抱き上げた時、まず足で顔をけとばされた。二度、三度、びっくりした。手で髪の毛をひっぱられ、はなしてもらえず、丸く毛が抜けた。いくらおさえてもあばれた。両手両足アテトーゼ、耳がきこえない。理由がわかった。母が

働きに行く時、誰かにあずける。その人はあまりのききわけのなさに、抱いて返しに行く。家族がいないと玄関にねかせられた。両手に抱かれることは、彼にとっていやなことのある時である。なんとかしてと考えた。大井川鉄道のＳＬを見に行った。汽車のくる線路に私とともに耳をつけた。ガタガタ線路が鳴る。大急ぎで逃げる。又、線路に耳をつける。そして、まさゆきはひびきをからだに感じとったのです。次はロックバンドのスピーカーの前に抱いてすわりました。ひざでリズムをとりました。音があることがわかったんです。そしてまさゆき君は、いつも、汽車、新幹線の車両、汽車、汽車、汽車、まさゆきの世界』

おとはたまさゆきの絵『汽車の煙の中の汽車』を見ると、煙も汽車の形になって、空で連結されている。

おだみのるの絵『発作の時』。草色も、緑色も、薄い緑色も、何かが破裂してしまったような、何かを消そうとしたような、嵐が過ぎたあとの草原に見えなくもない。

『みのるちゃんは、行動したくてたまりません。でも車イスで押してもらい、動きます。手も足も重い重いアテトーゼで、おもうようにじっとしてくれません。みのるちゃんは、みんなみたいに絵が大好きで描きたくてなりません。この日みのるちゃんは、とっても描きたくてジレていました。車イスを押している職員と本気でどなっていました。わたしはみのるちゃんを抱きました。「みのるちゃん、さあ、絵を描こうよ。誰か一番大きなボードとえのぐと太い筆を持ってきてください」みのるちゃんを片手で抱きあげ、右手にみのるちゃんの手と私の手をテープでとめてもらい、やっと筆を持てました。「さあ、好きな絵を描こうね。安心してね」発作のためあばれる子をおさえつけ、なんて私は暴力的でしょう、ただ必死でした。サァーと筆がとんだ時、うれしかった。次のボードはみのるちゃん少し疲れました。次は抱きなおしていいました。「やさしい心でかこうか」「うん」そしてみのるちゃんは、ありったけの力でアーと言ってくれました。「ありがとう」です。涙があふれてきました。二人ともえのぐがついてグリーンの顔になりました。絵ができて二人、にっこりしました。ホールは人がいないので、少し寒かったのだけれど、でも二人は汗びっしょりでした。「オー私の好きなサム・フランシスね」それからみのるちゃんはやさしい絵を描きます。みのるちゃんは、やさしいやさしい男の子です』

私は、何度か読み返した。

おとはたまさゆきの世界があって、おだみのるの世界があって、とページをめくっていて、黒い海の黒い波にのみこまれてしまった。

もりやあきおの絵『熱の高い夜』。黒い海の上空には、黒い怪獣になってしまった雲が、いくつもの白い眼を光らせている。

『脳性マヒといって預かった。たのしい絵をかきはじめた。足がいたいといい出した。大きい病院でみてもらった。目がぼーっとするといった。ベーチェット病、私はおどろいて東京の病院へつれて行った。ベーチェット病、足と目、車イスにかわった。色がわからなくなった。この間このこはどうやってたえて来たのか、目の見える時、二人で夏みかんの種をまいた。

一つ実がなった。私にくれるという。両手で持ち、私は「ねぇそれなーに、なにくれるの」といったら「ミカン」と答えた。「何色かしら」「太陽の色」といった。そうだねそうだね、あきおくん太陽の色だね、エノグにシルシをつけて、おぼえて絵をかいてごらんといった。まり子さんの顔みえるでしょといったら「ああみえるよ」といった。「どう」ときいたら「花みたいにきれいだよ」といってくれた。

哀しく泣いた。あきおさん、太陽のあきおさん。進行はものすごくおそいってお医者様がいったよ。

いつまでも、花と太陽でいようね。

目はみえなくなったけど、あきおさんは心の目がみえる』

おだみのる
「発作の時」

ねむの木の詩

この文章を読んでいて、私は別の本にあった宮城まり子の文章を思いだした。

『監督・原作・脚本ドルトン・トランボの『ジョニーは戦場へ行った』という映画が上映されて、それを観た私はショックを受けた。

恋人に別れをつげて、若いジョニーは戦場に行き、地雷は彼の四肢をふっとばし、失明、声はなくなり、少しばかり残された頭脳と耳と胸、つまり胴体だけが生き残る。軍医は、いつまで生き残れるか、テストとして、一室にとじこめている。四角い胴体と頭の形だけだ。しかし彼は、表現することは出来ないが、感じる心と感覚を考える知恵は残っている。彼は夢をみる。その夢はすべて美しいカラーであり、現実が白黒であった。最後に、ジョニーはやさしい看護婦さんに逢う。ジョニーは彼女の看護する手の感触をおぼえて恋をする。彼女は一つの案を発見する。彼の胸に指で字を書き表現することだ。

ジョニーは、クリスマスの夜、メリークリスマスと指でかかれた言葉がうれしくて、ただ、幸せを感じる。

上官たちの会話をきく。

「こんなになっても生きている。不思議だ。人に見られてはならない」

つまり、四角い見世物だ。

イヤダ、イヤダ、イヤダと叫んでも声は出ない。

気がついた。モールス信号がある。

全身の力で、頭を動かす。

トン、トン、トン……

若い軍医が気づく。「信号を送っています。ボクヲ、ミンナニ、ミセロ！　ミセロ！と言っています」

仰天した上官たちは、窓をしめろ、灯りを消せ、知られたら問題になる。全員が出て行き、カメラは、彼の頭で打つモールス信号だけがアップから俯瞰に変わり、遠くへ引かれ闇になる、きびしい反戦映画だ。

私は何回か見て何回も考えた。

過去をカラーで現実を白黒、この映画はこれでいいが、すばらしく美しいカメラでカラーで、そして、捻転性ジストニーの治療を受けるこの子が緑の草の中、かわいい花の中を、まっぱだかで、はしる姿を、ハイスピードで撮影しよう。そのカメラは、レンズを、乳白色にして、これ以上美しいものはないよう、きれいに撮ろう。

この考えが私の頭からはなれなくなった。スローモーションっていうのかナ、ハイスピードかな、カメラマンは選ばなくちゃ。一作くらい失敗してもなんともない人、心大きい人、天才で職人。私は映画を撮るのははじめてで、こんなからだの不自由な子をまっぱだかにしてはしらせて、それもハイスピードで、そんなことを考えるから、天才でなくちゃいけないいけど、職人でもなければいけない。

その子の退院を待った。小さい時の裸の美しさを残してあげたい』

そうして完成した映画のタイトルは『ねむの木の詩』。文化庁優秀映画奨励賞を受賞し、一千万円の賞金を獲得した。

『私の心は、映画を撮りながら、淳之介さんを思ってた。

無駄な説明はやめよう、饒舌はやめよう、甘くても、硬いコップでいよう、つまらない同情はナシ、みんな淳之介さんの心だ。淳之介さんが見ている。

『ジョニーは戦場へ行った』この映画は、私に映画を撮らせる動機になった。

捻転性ジストニーは、障害を持つ子を、裸ではしらせた。

外国の映画祭で、この場面が美しいとほめられた。

一年、私は、映画と浮気をした。

反戦映画じゃない。障害児を賛美する映画になった』

と宮城まり子は書く。

もりやあきお

「熱の高い夜」

花畑

私は、宮城まり子に圧倒されてしまう。圧倒されたと感じたあと、きまって、なにをうぬぼれてるんだ、あつかましい、と自分を叱る。圧倒されるという感覚が、宮城まり子と自分を比べているということになりそうだからだ。

むらまつきよみの絵『夕焼け』に引きこまれる。

『「きよみちゃん、あなたは、お父さんやお母さんのせいでもなく、胎児性軟骨異栄養症という病気なの。ほら、手の不自由な子も車イスの子もいるでしょ。誰のせいでもなく、脳性マヒという病気になっちゃって、それで歩けないお友達もいるでしょ。あなたは脳性マヒじゃないの。だから手も足もちゃんとしてる。でも、あなたの背はのびないの。とってもとってもかわいそうだけど、それ以上あんまりのびないの。でもね、よく、きいてね。フランスのロートレックという人は、十二歳のとき足を折って、それから何度も何度もあしが折れて、背がのびなかったの。フランス人で、男の人で、一メートル三十八センチしかなかったの。でも、ロートレックは絵を描いたの。貴族のロートレックは、街の人を愛し、美しい心を愛し、絵を描いたのよ。世界で一流の画家になったのよ。強くね、堂々とどこでも出て行ったの。人のいっぱい集まる社交界にも、着飾った人のいっぱいいる競馬場にもね。きよみちゃん、あなたが今本当に考えることは、背のことじゃなく、堂々と生きていくことだと思うの。だから、何も考えないで絵を描きなさい。あなたにはとっても素敵な絵があるから、これからは、背の小さいぶんだけ大きい絵を描いてちょうだい。疲れるといけないから、少しずつでもいい。大きな心で絵を描いてね。背のぶんだけ、人より大きな心の絵を描いてほしい。

まり子さんね、女優としては小さくて一メートル五十七センチしかないの。だから子ども役が多かったの。だから子どもとお友達なの。私は小さいから日本一の子ども役ができる女優なの。小さいからということは、はずかしいことじゃないの。それに勝つことが大切なの」

私はいっしょうけんめい言いました。ぼうだとして流れる涙と鼻水で、くちゃくちゃになりながら、私の胸に顔をうずめて、きよみは泣きました。何時間も泣きました。それは、今までためていた涙が、すべてあふれ出るように。

私の口から、はっきり病名も、将来背がのびないことも、知らされました。私の胸で泣いて同じベッドで抱きあって眠った朝、きよみは、改めてはれあがった目で私を見て、私にすがりつきました』

宮城まり子の文章はとても長く、彼女へ宛てた深い手紙だった。

文章を読んで、むらまつきよみの絵『まりことわたし』『秋のペンキ屋さんが、秋色に染めた』『忘れな草』『花の小道』を見た。どの絵も、とっても広い景色の中に、人がポチンと小さく描かれている。こまかいことを、ていねいに描きこんで、はるかな景色が描かれている。


『かあさんと花の中で』は、やましたゆみこの絵。

福岡市美術館学芸員の石田泰弘さんの『ゆみこの世界』という文章を読んでみる。

『純真な眼と心をもつ脳性マヒの後遺症で片手、片足が不自由、その上バセドー氏病とたたかっているゆみこの『かあさんと花の中で』を見ましょう。縦百二センチメートル、横七十二センチメートル、の大きな画面の隅々まで花がびっしり一本一本細かく丁寧に描かれています。画面の外にも花がいっぱいです。同じ花が二つとない四千数百本のお花畑を子供とまり子が佇み歩いています。

ゆみこは、綺麗な花に囲まれたお花畑でまり子と過ごした楽しかった時間を追体験するように、否、永遠に続くことを願って、花を一本一本ひたすらに描き続けたのでしょう。その追体験と願いを花で画面の隅々まで埋めつくしてしまったのです。

ゆみこやかなえだけでなく純真な眼をもつ子供は、絵を完成させるという歓びだけでなく、描き続ける行為の中で生きていることの歓びを実感しているのではないでしょうか』

その花の数は4478本だという。

ゆみこやかなえ、と読んで私は、別の本で見たことのある『ピアノの音』というのがこいしかわかなえの絵だったと思いだし、ゆみこの絵とはちがう、音を描いた抽象的な色づかいが夢見るように浮かんできた。

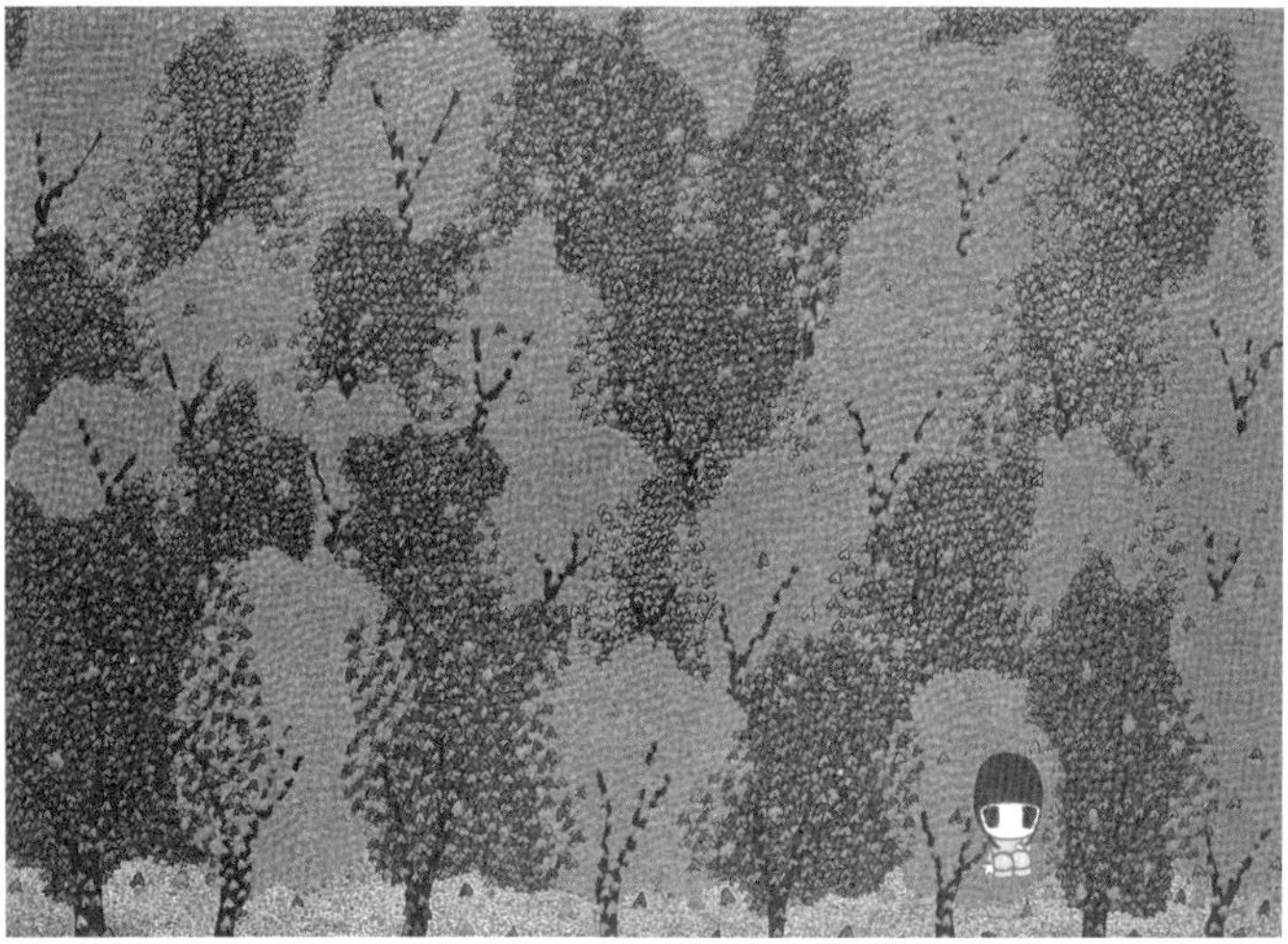

むらまつきよみ

「秋のペンキ屋さんが、秋色に染めた」

むらまつきよみ

「まりことわたし」

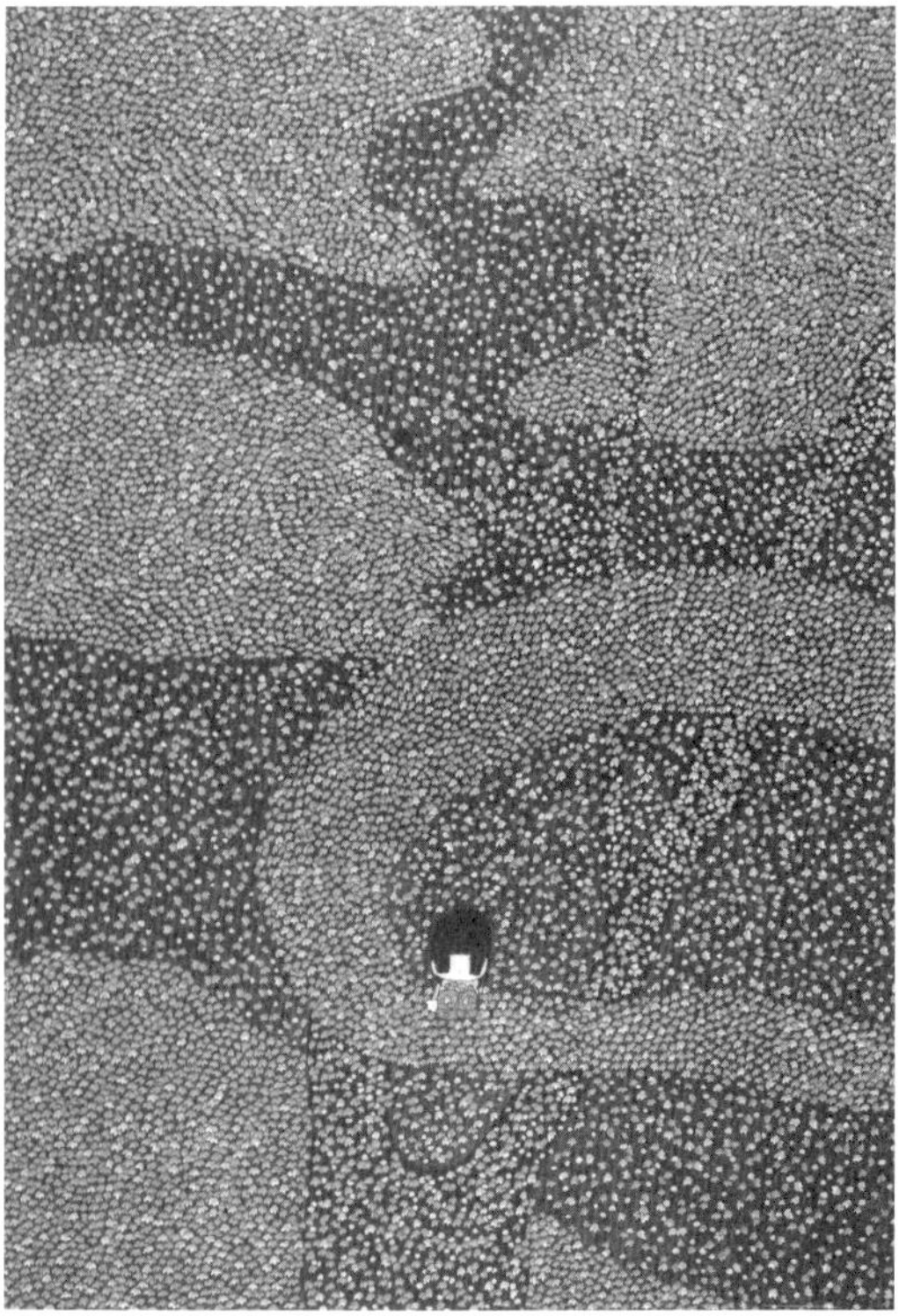

むらまつきよみ

「花の小道」

こいしかわかなえ
「ピアノの音」

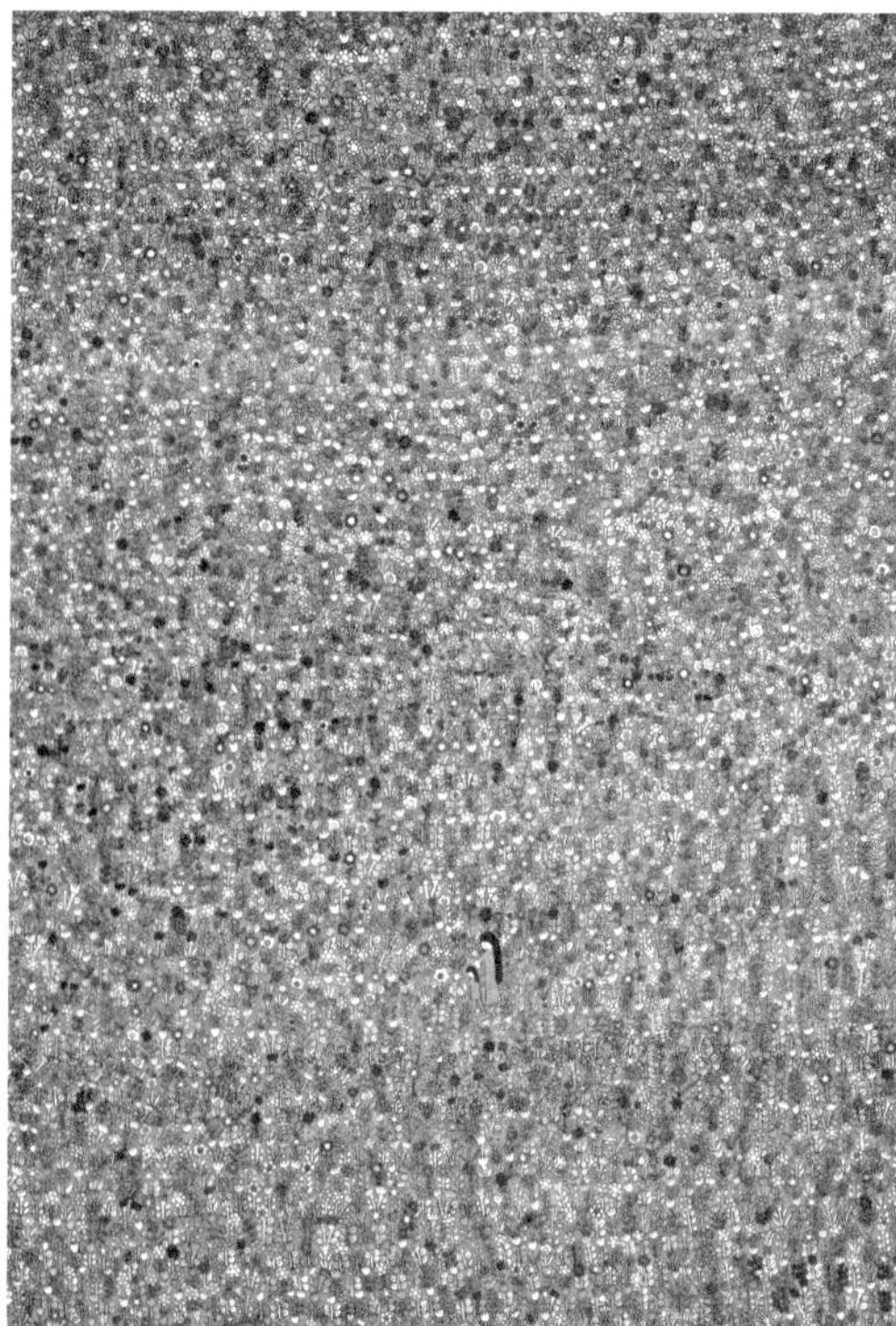

やましたゆみこ

「お花畑」

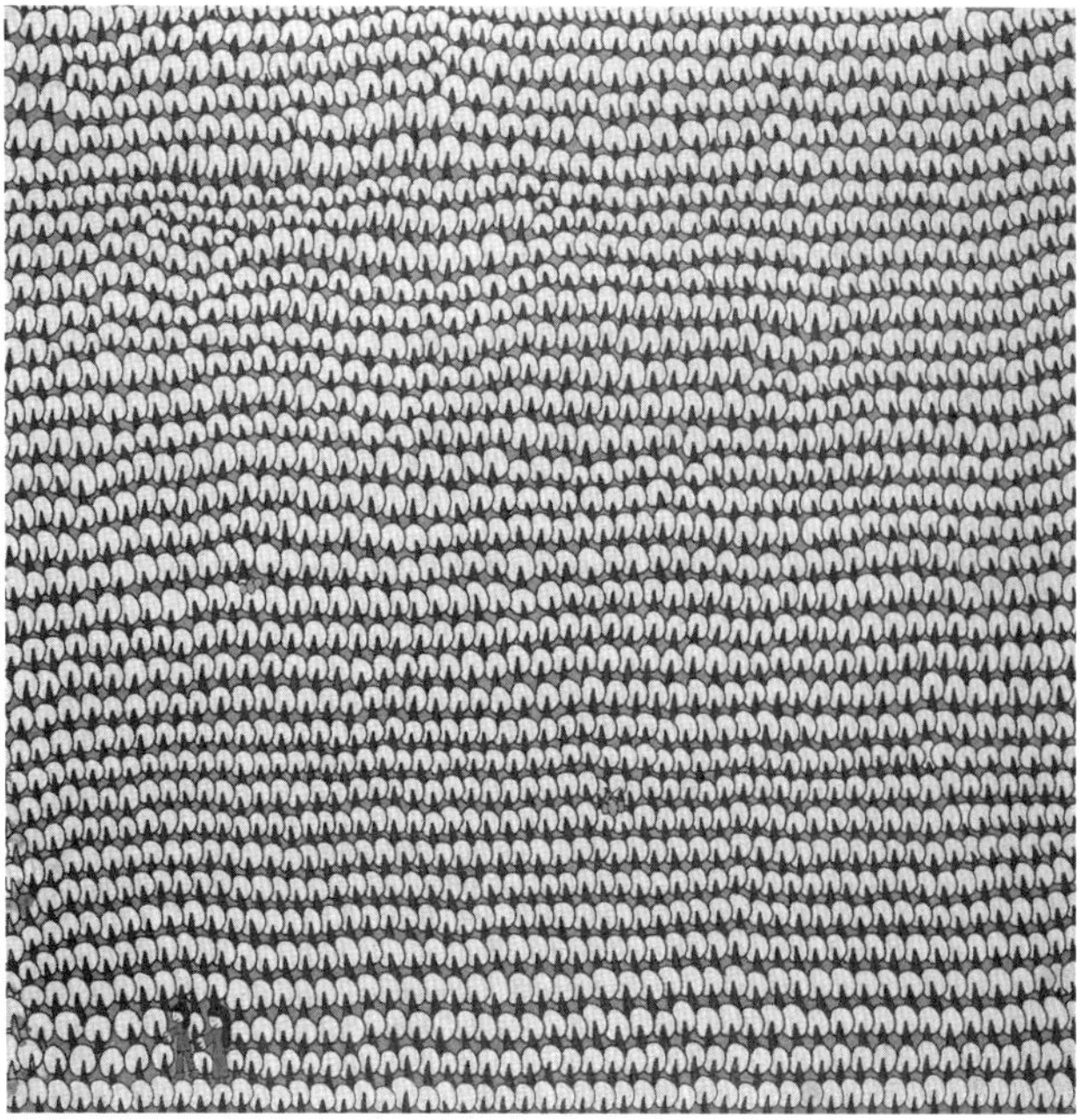

やましたゆみこ

「秋の木の黄」

夕焼け

『お花畑でまり子と過ごした楽しかった時間を追体験』という言葉で、やましたゆみこの絵『秋の木の黄』を見ていたら、ある日の自分、イチョウの落葉が積もっているみたいなベンチに座っていた自分に戻ってしまった。

その日私は、明治神宮外苑のいちょう並木にいた。

すっかり黄ばんだ落ち葉が歩道を敷きつめるように散り、夕暮れに、いくぶんの明るみをつくっていた。

地味な身なりの母親らしき女性と、小学1年生くらいか、ニューヨーク・ヤンキースの帽子をかぶった男の子が私の近くで立ち止まった。

「この葉っぱがお金だったらいいのにねぇ」

と、母親の声は明るい。やさしそうな人だな、と私は思った。

「千円札だったらいいよね」

と息子の声も元気だ。

「百円玉でもいいわよ」

「十円玉でも」

「一円玉だっていいわ」

「そしたら取りっこになるね」

「そうね、かかえちゃう」

「この葉っぱを集めたらお金にかえてくれないかなあ、おかあさん」


母も子も明るい声で、会話のテンポもよく、軽快な音楽を聴いているような気分になった。黄色いいちょう並木が、ステージみたいだ。

「ええと、ぼく1230円も持ってる」

「そんなに持ってるの?」

「五百円玉がひとつと、百円玉が6つと、五十円玉がひとつと、十円玉が8個」

「おお、お金持ちね」

「おかあさんは、いくら持ってる？」

「こうちゃんよりは持ってるわよ」

「ねえ、おかあさんのお給料いくら？」

「そんなこと知らなくていいの」

私はベンチでとぼけて、母子の会話を聞いていないふりをした。

「あのさ、おかあさん、あのさ」

「なに？」

「聞いたら怒られるから、やめた」

「なによ、楽しいお散歩なのに、怒らないわよ。言ってごらん、なに？」

「おとうさん、どうしてクビになったの？」

と息子が言い、

「誰がそんなこと言ったの？」

母親の声が荒れてしまった。

突如として母親が歩きだした。私は、息子が小走りで追っていくのを見送っていた。

黄色いいちょう並木に吸いこまれていくような母子が、やましたゆみこの『かあさんと花の中で』の絵みたいだな、と遠くなる姿を眺めていた。

私は足もとの落ち葉を一枚拾い、やさしい気分になっていて、ふと、笑った。

やましたゆみこの絵『秋の木の黄』が連れて行ってくれたある日、そのある日の自分が、絵の無数の黄色い木の中に描かれているのではないかと探したのが面白くて、つい笑っていたのだ。

絵は不思議だ。心に留まった絵が、不意によみがえることがある。絵を見ているときにもまた、別の情景が鮮明に浮かんでくることもある。

むらまつきよみの絵『夕焼け』を見たときも、そうだった。あの赤い色に誘われて入っていくと、空襲で焼かれている空の色が浮かんできた。

昭和20年、1945年、3月9日、小学校2年生の私は、小菅刑務所に近い伯母の家に預けられていた。

夜、防空壕の中には10人くらいがいて、もう満員だったのではなかろうか。人の顔がぼんやりと見えていたようだから、提灯が灯っていたのかも。伯母や、伯母の家族がいたのかも覚えていないが、誰かと誰かの間にはさまって、じいっと丸くなっていたのだろうが、おとなばかりだったような気がしている。

誰も、何も喋らないわけはないから、会話があったはずだけれど、私の記憶では、防空壕は無音だ。

どのくらいの時間だったのか、そこで眠ったのかもわからないが、そんなに近くはない空が、真っ赤な色になっているのが、目に残っている。

薄明るくなった路上を歩いた。真っ赤に染まっていた空が白くなっているのと、歩いている自分の姿は覚えている。ひたすら歩いていたようだ。

足もとの土は乾いていて、土の色、草の色、その色を、こんなじいさんになっても、はっきりと覚えている。

下ばかりを見て歩いていた私が、その朝、初めて足もと以外を見ようとした。

8歳の私は、目の前に広がっていたものを見て、見つめてしまった。

放水路だったのか、水に浮かんでいるものが人間で、人間が死んでいて、大きなゴミみたいになっているのを、私は、見ていた。

その水の色が思いだせない。黒や茶色いのが目に残っているのは、死体となって浮いている人の衣類だろう。

私は立っていて、目をそらさず、おそろしさもなくなって、さむいな、と思いながら小便をして草を濡らした。

私は、『夕焼け』という絵から、8歳の自分を思いだしていた。

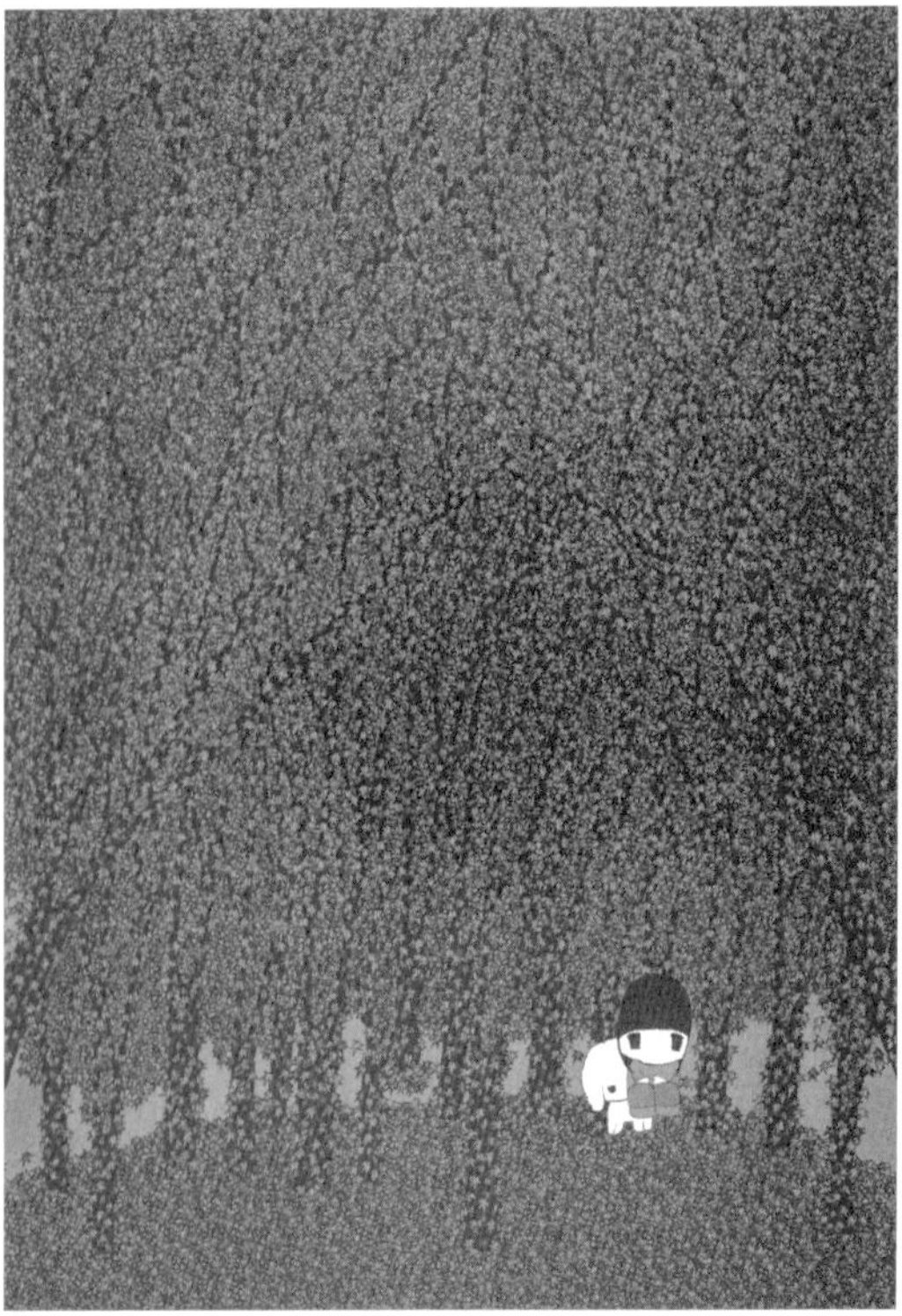

むらまつきよみ

「夕焼け」

白い月

初夏の土曜日の晩、私の家で、酒をのみながらの女優M子研究会。

「普通、研究会と言ったら酒はのまない。研究会ってのが終わったら、おつかれさんってことで酒をのむ」

私が言うと、ベンさんは不思議そうな顔になって、

「他人のことを研究するのに、シラフだったらその人に失礼だよ。シラフで他人のことを考えたら、あまりに現実的で、それって、下品だべ」

とコップの酒に笑いかけた。


「サクラとマサシが期末試験中で勉強しててさ、たまには親らしくしてみっかって、缶ビールを片手にあいつらの部屋に入って、どれどれ、どうだ、とか呟いたんだよ。なにしに来たんだみたいな目をされて、そうか、ビール片手はまずかったかなと思

ったけど、ビールでも持ってないと、部屋に入りにくいもんな。

マサシの机の隅に歴史の教科書があったの。

パパは歴史は苦手だったなぁ、なんて、ちょっと媚びたふうに言ってさ、ペラペラめくったら、聖徳太子、法隆寺を建設、ってとこだったわけ。

おれのころは、建設じゃなくて建立だったよな、とか思いながら、やっぱ部屋に入らないほうがよかったと思ったよ」

ベンさんが黙ると、窓の外で、地虫たちがさかんに鳴いていた。

「中学生のとき、法隆寺を建てたのは？　って、おれが、昔の大工って答えて教室中がウケたんだよ。

社会科の教師は笑いを無視して、まったく表情もかえずに授業すすめたけど、放課後、担任に呼びだされたら、その社会科の教師もいてさ、取り調べみたいな空気だったんだ。授業を妨害するなって、こっぴどい説教で、頭下げて謝ったんだけど、おれ、思うに、宮城まり子、法隆寺を建てたのは大工だって答えたって、それも正解だって言って、子供たちに絵を描かせたんだよな、きっと。

頭カチンコチンの社会科教師がいたから、おれ、絵描きになりそこねた」

とベンさん、ウハハと笑って酒をのみ干した。

「現場近くのソバ屋でかつ丼食ってたら、テレビに花束を持ったネクタイ姿の中年男が映って、彼女の歌は、ぼくの人生そのものだったって泣いてるんだよ。

バンドのボーカルで、有名な女のミュージシャンが死んだんだな。

彼女の歌が人生そのものだったなんていう人生があるのかよ、って、家帰ったあとも、テレビでそのことが流れててさ、おれにはなんも関係ねえよ、ってひとりごとを言ったら、おふくろ、ユリコさんに聞こえちまって、そんなふうに言うもんじゃない、って怒られちゃったよ。

実際関係ねえだろ、っておれも言い返しちゃったらさ、そういう心根だから、逃げられちゃうんだよ、二度も。ってユリコさんが言うんだよな。

なんかぐったりしちゃって、てめえでてめえを笑ってやるしかないか、って、そういうときに、おれの頭の中には、あのふくろうが出てくるんだ。

ほんめつとむの、『白い月』。

ねむの木の子たちの絵、誰かが描かせなかったら、絵を描くことはなかったわけだよなあ、ってそのこと考えるとね、すげえことだな、ってほんと、思う」

ベンさんが紙袋から出したのは『やさしくね』という宮城まり子の本で、ねむの木学園の子供の絵に、宮城まり子の文がついている。

「本屋で見つけたんだけど、思うに、宮城まり子って何者だっていうのは、ねむの木の子たちの絵を見て、感じるしかねえんだよな」

「そうなんだよ。宮城まり子の、女優M子の本当の姿というか、リアルなものは、ねむの木の子の絵の中にあるんだろうな、きっと」

私とベンさんは、その本にある子供たちの絵を、ひとつひとつ見ては、何かをつぶやき、その日の女優M子研究会は、美術館で過ごすような、ゆっくりとした時間が流れていた。


『ねむの木学園で学ぶ子どもたちは、肢体に不自由を持ち、言葉を持たない、文字を知らない子もいます。

でも私は、勉強ができないのならば、それを逆手に取ればいいと考えています。

算数がわからなくても、集中する力を持てばいい。字が書けなかったら、絵で自分の気持ちを表現すればいい。

字では表せないものまで、絵なら表すことができるかもしれない。

つまらない知識を持っていないから、心の中のことをためらわずに表現でき、皆を感動させずにいられない絵が描ける。

何よりも世の中にある美しいものを感じ取ることができる感性を伸ばしていければいいと思ったのです。

だから、私は絵の技術は教えません。

絵を描く環境をつくるのが私たちのすることで、子どもたちは自分の感じたことを表現すればいいと思ったのです。

いつでも絵の具やクレヨンを置き、どこにでも白い画用紙を置きました。私は「絵は心の手紙」だと思っています』

宮城まり子の、雑誌で読んだ語りを思い、ベンさんとの女優M子研究会が、とてもしあわせな時間だった。

しかし、そんなしあわせな時間に、きまって影絵のように浮かんでくる人がいた。

「出て行ってくれたよ」

ねむの木学園が浜岡から出て行ってくれたと安心したように言った、御前崎の友だちの父親である。

宮城まり子の、女優M子の存在が、たまらなく迷惑なもの、ねむの木の子供たちの絵などは不要なもの、と感じているような人たちに支配されているのが世間というものので、その世間に宮城まり子がいて、ねむの木学園があるのだと、そのように、私は整理をしているのだった。

ループ

明日は掛川市のねむの木村へ行こうと決めている前夜、吉行淳之介の『私の文学放浪』を読んだ。

『M・Mに出会ったことは、作家の私にとっては幸運であったといえる。小説の材料を摑むために、私が彼女に接近を計ったのだという噂（文壇関係の噂ではない）を聞いたことがあるが、その噂はもちろん間違いである。そういう愚かなたくらみを持つ人間は、おそらく小説家にはいないだろう。なぜなら、そういう形で書いたものはロクなものになるわけがないのだから。

私はM・Mに惚れたのであり、惚れるということはエゴイズムにつながる部分はあるが、功利的な気持ちは這入りこむ余地はない。三十四年の私の作品『鳥獣虫魚』の評で、小島信夫が「作者の青春が復活した」という意味のことを書いたのを記憶している。たしかに、一人の女性に惚れたという情況が、私の文章にうるおいを持たせた。そのことを、言葉を積み重ねて作品をつくりながら、私ははっきりと感じていた』

「惚れる」

と、私はその言葉を浮かべてみて、吉行淳之介がＭ・Ｍに惚れたのも、私が誰かに惚れたのも、惚れるということに違いはないだろう。

どうしてそんなふうに思うのか、自分でもわからないが、男が女に惚れる、ということを考えているうちに、金子光晴の詩を本棚から探しだした。

『愛情69』の中の『愛情55』だ。

『はじめて抱きよせられて、女の存在がふわりと浮いて、
なにもかも、男のなかに崩れ込むあの瞬間
五年、十年、三十年たっても、あの瞬間は
いつも色あげしたやうで
あとのであひの退屈なくり返しを、償ってまだあまりがある。

あの瞬間だけのために、男たちは、なんべんでも恋をする。
あの瞬間だけのために、わざわざこの世に生れ、めしを食ひ、生きて来たかのやうに。

男の舌が女の舌を割ったそのあとで、女のほうからおづおづと、
男の口に舌をさし入れてくるあの瞬間のおもひのために』

と読むと、別の詩の、

『恋人よ。とうとう僕は
あなたのうんこになりました』

『女に買ひものをするたのしさよ。
百の善行、仁徳よりも

高邁な精神、芸術よりも
女におくりものをするうれしさよ』

『僕？　僕とはね、
からっぽのことなのさ
からっぽが波にゆられ、
また、波にゆりかえされ』

といった何行かずつが、夕日で染められていくように、私の頭に広がっていく。

吉行淳之介を読んでいると、どうしてだろう、金子光晴が読みたくなる。金子光晴の空気に染まりだすと、吉行淳之介の空気が欲しくなるという具合だ。

そんな私の至福のループを、もうしばらく聞いてほしい。
金子光晴の、

『ぱんぱんが大きな欠伸をする。
赤の0
0のなかはくらやみ、
血の透いてゐる肉紅の闇』

とか、

『ぱんぱんはそばの誰彼を
食ってしまひさうな欠伸をする。
この欠伸ほどふかい穴を
日本では、みたことがない』

とか、

『ゆられ、ゆられ
もまれもまれて

そのうちに、僕は、
こんなに透きとほってきた』

とか、

『心なんてきたならしいものは
あるもんかい。いまごろまで。
はらわたもろとも
波がさらっていった』

とか、金子光晴の空気に酔いはじめると、

『一人で男を待っている間に、夏枝の躰はすでに薄赤く染まっている。普段の色に戻る前に、私が部屋から立ち去ってしまっていた、という意味なのだろう。しかし、白が赤く染まるのと、小麦色が赤を滲み出させるのとでは、色彩に変化がある筈だ。それに夏枝は部屋の明るさを嫌がらなかった。そういえば、夏枝が恥ずかしがるようになったのに気付いたのも、最近のことだ。

夏枝は、自分の躰が赤くなることを知っている』

とか、

『それにまた、彼女たちの部屋の中で、彼女たちが石膏色のかたまりから、いかなるものに変化するかを待つ短い時間には鋭い緊張感があった。

しかし、そういう時間のあと、街に歩み出た私の前には、ふたたび石膏色の風物のひろがりがあった。そして、私のなかにはぽっかり大きな暗い穴があいていた。その穴は、どうしても塞がらなかった』

とか、

『こういう箇所が「傷」にある。

「杉子、顔が赤いわよ」

と祐子が露骨な口調で言った。

「いま、杉子が発情してね」

この「発情」という言葉が出てくるまでに、すこし時間がかかった。この言葉はいまでも気に入っている。余計なにおいがないし、直截にいうことによってかなり透明になっている。このように、音符の一つ一つに気を使った。ときには、極端にワイセツな部分を、強い音をひびかせて、連続して投げつけたりした。ただし、言葉は十分に吟味した』

とか、吉行淳之介の空気というのか、風のにおいというのか、それが欲しくなる。

空気

そして、吉行淳之介と金子光晴の対談を読みたくなってしまう。

吉行 ま、少しやっかいな話でもしますか、水平思考の話でもしましょう。いや、あのね、少し、話を上げてみましょう。上げるってことはないな。変えましょう。何も下がって悪い話じゃないもの（笑）。わたしは常々、金子光晴に感心しておりますのは、あらゆる人間を同じ平面でごらんになることができるでしょう。これは大変むつかしいことで、水平に見ようという意識を持つことはできますけど、ただ実際にスッと見れちゃうってのは、これはなかなかできないと思うんです。そこんとこの具合をひとつ。

金子 それ、どういうことなんでしょう。

吉行 具体的に言いますと、娼婦がいますね。自分では娼婦と同じ平面で動いているという風に考えているわけで、かなりすんなりつき合えてるんですけど、やっぱりそれは考えてるだけで、どうも、こっちが少し無理してるんじゃないかと。
金子　ええ。
吉行　無理して平面にもっていってるんじゃあないかという気持が出ちゃうわけです。ところが金子さんのお書きになるもんなんかを拝見してますと、それが自然にできてるような気がする。これはなんだろうかということなんです。
金子　あ、ちょっと、補充してください、話を。
吉行　たとえば身分ですね。具体的にいえば、淫売でも伯爵夫人、伯爵てのは今いないか。ま、べつに区別がなく感じちゃうでしょう。あれはどういうことでしょうかと。
金子　（ちょっと首をひねって）そんな風に感じてますかねえ、ぼくは。
吉行　感じてるような気がするんですが。
金子　そうですか。ふーむ、好き嫌いは別でしょう。
吉行　たしかに、それは別です（笑）。
金子　世の中には、中途半端な女がたくさんいるでしょう。たとえばセックスの面でもね、好きでも嫌いでもないけれど、何かのことで寄ってくるのがいるでしょう。そういうもんにいちいち関心を持ちますか。

吉行　いや、いや。いちいちは持ちません。

金子　持ちませんかぁ？　そういうところがちがうのかもしれない。ぼくは、女には全部関心を持ちます。

吉行　関心という意味はですね、色気って意味ですか、それとも、人間としての興味とか観察ってことですか。

金子　（首をひねって）ぼくは少し変なんかもしれない。好き嫌いは別としても、嫌いでもね、触るだけはね、触ります。

吉行　嫌いでも、触っちゃうのですか、ハハハ。こういう返事がかえってくるとは思わなかった。

金子　さわりたいてえ気持が先に立つんじゃあないですかねえ。

吉行淳之介の空気、金子光晴の空気、そしてベンさんと酒をのみながら見ていた、ねむの木学園の子供たちの絵の空気、宮城まり子の空気が混ざりあって、私の中でひとつの空気になった。そこに金子光晴が出てくるのが不思議なのだが。

講演録

新幹線で東京駅から掛川駅へ着くまでのあいだ、読んでいなかった宮城まり子の講演録を読んだ。

宮城まり子は、海外のシンポジウムに招かれることも多かったが、日本各地での講演も、精力的に行っていた。講演会は、支援者の開拓にもつながっていたという。

私の手元にあったのは、『アガトスの会（教育の原点を求める研究会）の機関誌『アガトス』第235号（2003年2月発行）より』というもので、『時々の初心ねむの木学園長宮城まり子』とタイトルがついている。

「時々の初心でね、お能の、世阿弥の言葉。わたしの心を支える言葉になったの」と、茶室で言った宮城まり子を思いだす。

講演録は、熱海での講演会のもので、前年の2002年に初期のガンがみつかり、抗ガン剤治療を受けた話から始まっていた。

『私、去年の五月ごろ以来、初めて人様の前でお話するのが、今日でございます。私、立ってしゃべるほうが好きなんです。でも、座っていいとおっしゃったので甘えさせていただきます。

立って一時間もつか、もたないか、自分でわからないからです。

年をとったということではなくて、私、去年の四月に気持ちが悪くなって倒れて、病院に連れていかれて二週間ほど入院して、精密検査していただいたら、大腸に大きなポリープが三つも育っていたらしいのです。

「ねむの木学園」はあまり育たないのに、ポリープはよく育っていて、すぐその場で「切りますか」と言われて、「切ります」と、自分で見ながら、そこにある、そこにある、そこにあるって、切りました。

自分のおなかの中の腸とか胃というのは、今日はお医者さんが多いから、皆さん、ご存じなんでしょうけど、私はこの辺とこの辺しか見たことがないので、なんてきれいな色をしているのだろうなと感心してみていました。そして、なんと長い道のりをおなかの中に腸というのが走っているのだろうと、初めて見ました』

宮城まり子らしい、と読みながら、宮城まり子らしいとは、なんぞやと私は思い、それは、不条理と向きあっているであろう彼女の言葉や、ふるまいが、それをものともせずに、なにか童話を読み聞かされているような、おとぎばなしの世界に案内されているような、そんな感覚になり、やはりそんなときにも、宮城まり子の芸に私は圧倒される。そして、「ねむの木学園」の子供たちとつきあうように、「ねむの木学園」を運営するための世間とのつきあいも、しなければならないのだなぁ、と考えた。

講演のタイトルにもなった「時々の初心」についての語りは、

『この間、先生から、「すごいタイトルをつけますねえ、あなたは」って言われて、「そうですねえ」とこれは逃げのタイトルでございます、と思いながら、あのとき、初心に帰らせてもらったのは、自分が噂で聞いている、目で見ていた「癌」という人とおつきあいして、その人に持っていかれちゃうのかと思う命を残されたから。私はまた新しい心になって、まだ残っているから、もう抗癌剤をやると、また苦しんで、またそこで落ち着いて、またそこで初心になって、だから、本当に「時々の初心」って、こういうとり方をしたら怒られるんでしょうけども、「私、時々の初心だ」なんて自分で思っていました。

なぜかわからないのだけれど、あのとき、ああしておけばよかった、このとき、こうしておけばよかったっていうのは、あんまり考えませんでした。幸せだからですねえ、そう思いました』

ねむの木の子供たちが、タイルを貼っている話が出てきた。


『今、地面に色のタイルを貼っています。私、道をきれいにしたいものですから、タイルを貼っているんですけど、110×10の、このくらいのタイルなんですけど、色は選んじゃったから、薄い茶色、白、グレー、ブルー、それ以外の色はないけれど。

そんなタイルを山と積んでおきましたら、子どもたちがそれをものすごい勢いで並べるんですけど、本当にきれいな模様になっていきます。
一、二、三、四、五、真っ白のを置いて、一、二、三、四、五、置いて、なんてことしません。茶色、白、グレー、ブルー、何かきれいに、ものすごくきれい。ものすごいきれい。
私も、それはこの色の方が似合うんじゃないの？ って言い方をします。「私、これ置くの好きよ」と言ったら、「そうお」と言って変えてくれますから』
『きれいですよ。三万個の場所が三か所あります。とってもきれい。それを何となくふうっと見て、なんにも感じないで、きれいだなとも、誰がしたの？　とも言ってくれないのが、大体において建築家が多いですね。
　こちらが言ってからごらんになる。「あ、大変だ」って。「フーッ、きれい」って言うのは、足し算、引き算、あんまり知らなそうな人です。「ハーッ、きれい」って言って、そこで靴脱いじゃった人もいるくらいなんですけどね。
　算数とそういう色の並べ方とは、ものすごく数字に関係があるのに、こども天才的にそれを見極めていくような気がいたします』
　長い講演録の中には、療養中に巡らせた子供たちへの想い、退院したあとの子供たちとのやりとりも読みとることができ、かあさん、かあさん、と呼ばれている宮城まり子が、子供へ、子供たちへ注ぎ続ける愛情が静かにあふれていた。その愛情は、けっして動じない覚悟なんだと私はあらためて感じていた。

中には、以前の、ある場面を回想する語りもあった。

『病人について看病していたのだけれど、その病人は私の大好きな吉行淳之介という小説家ですけど、その人がかかっているのはC型肝炎からくる肝臓癌でございました。

でもお医者様と相談して、あの人には癌であることは言わないようにしようということになりましたので、私一人だけ知っているものだから、本当に怖かったんじゃないかと思います。

そんなに何回もしなかった講演なのに、その年、ここへ行かなきゃいけないので、急いで帰ってくるから行かせてちょうだいと言ったら、いつもなら行ってらっしゃいと言うのに、その日に限って、まだ大丈夫だよ、まだ大丈夫だよ、もう少しそばにいておくれと言いました。

乗り遅れそうになるのを、そうっと知らん顔して時間を過ごしているのは辛かったけど、癌の人を置いていくのも辛かったです。

それで、やっと上手に嘘を言って、新幹線に飛び乗りをしたのだけれど、そんなことをしているから、私はこんなふうに辛いんだなあと、そう思っていました』

東京からずっと読んできた講演録に「気持ち」と何度か出てきたけれど、たしか吉行淳之介が何かの文章で、「気持」に「ち」をつけるのは嫌だと書いていたな。吉行の文章では、「気持」である。

静岡駅を出て、15分で掛川駅だ。

吉行淳之介は、1942（昭和17）年に、東京の麻布中学から静岡高校（旧制）文科丙類に入学している。

『中・高校生といえば親のスネ齧りだから、小遣い不足でそう遠くへは行けない。私は旧制静岡高校に入っていたから、帰京のとき伊豆あたりに寄り道することが多かった。

三島駅から修善寺まで電鉄があって、その途中に古奈温泉がある。歩いて30分ほどのところが長岡温泉であって、こちらのほうには娼家の並んだ一廓があり、見るからに頽廃的でものうげな女が店先に座っていた。当時から私にはそういう好みがあってその風情に心が動いたが、おそろしくて声がかけられなかった。やはり、少年だったわけだ。一人の女の切れ長の眼が、蛍光色に光っていたのをいまでも鮮やかにおもい出す。古奈温泉のほうは静かな環境で、水のきれいな川が流れていた。私たちは、もっぱらこの温泉のほうへ行った』
という吉行淳之介の文章がある。

黄昏

前の日から微熱が続いていて、宮城まり子はベッドを離れられないという。その日は会えなくても、ゲストハウスに泊めてもらい、翌日まで待つことにした私は、ねむの木村にある「ガラス屋さん」や「雑貨屋さん」で、その土産物店を任されている女性と雑談した。

「ガラス屋さん」にいた若い女性は、故郷が福岡。ねむの木村に来て2年だという。

「どうしても元気が出なくて、悲しんでばっかりいたんだけど、ねむの木の子供たちの絵を見たら、とても元気が出て、どうしてだかわからないんだけど、元気が出て、それで、自分もねむの木に行きたいなぁ、と思って」

彼女はゆっくりゆっくり、小さな声で喋ってくれた。

「雑貨屋さん」にいた女性も、まだ若い。故郷は札幌、ねむの木に来て4年だという。

「先生がいると、鳥になって飛べそうな気がする。飛べないんだけど、空を飛んでるみたいな気持ちになることがあります。

なにかして、上手にできなくて、イヤーな気持ちになってしまうんですけど、先生が、失敗なんてないの、人間には失敗なんてないのよ、イヤーな気持ちになって、なにもしなくなるのが、それが失敗よって、そう教えてくれますから、うれしくなっちゃうんです」

彼女は恥ずかしそうに、ひとつひとつの言葉を心のどこかで探しあてるように、一所懸命に喋った。


「どうぞ、お入りください」

と宮城まり子の秘書の島田さんが言いにくる。彼女の故郷は島根県。促されてプライベートルームに入ると、宮城まり子はベッドにいた。

「今日は治るつもりでいたのにダメだった。ごめんね。きっと明日は、治るつもり」

学園長の部屋は20畳ほどのワンルーム。私は部屋の真ん中の、大きな座卓に向かって座っている。

目の前には書きかけみたいな原稿用紙、万年筆、辞書、エンピツ、小さな電卓。

「昨日ね、眠っていなかったんだけど、目をつぶっていた闇に満天の星。

きれいだったなぁ。きらきらきら。

ああ、もしかして、今夜でおしまいかな、幕が下りるのかな、そう思ったの。

そしたら、大丈夫、死にはしないよって、淳ちゃんの声が、したのよ。はっきりと聞こえた。

それで、ハッとして、え？　いたの？

きょろきょろ探したのに、いないの。

いつもそうなの。声が聞こえて、え？　いたの？　って思うのに、いないの。

いないから、つまらない。いないからつまらないのよ。

いないからつまらない、っていうのが、いちばん、つまらない」

宮城まり子はベッドの中から喋り続けた。

「ごめんね。せっかく来てくれたのに、病人で。でも、今朝、また目があいて、まだ死ななかったよぉって、笑っちゃった。

そこ、おかしいでしょ？」

「なにが、ですか？」

「机の上。原稿用紙やら、なにやら」

「どこも、おかしくないですよ」

「やはり、むかしむかしの人なんです、わたし。ワープロとか、ダメだし」

と、そんな話をしているうちに、だんだんと日暮れてきて、部屋の光が薄くなった。


「明かり、点けますか？」

島田さんが聞き、

「まだ、いいわ。点けないで」

という返事。

黄昏どきの、自然にまかせた、電気のない部屋。宮城まり子は、絵の中にいるように、奥深い色に包まれていた。

今度の訪問で、ねむの木学園の運営のことや、その苦労とか、いくつか聞いてみたいことはあったのだが、いっさい質問なんかやめようと決めた。

２００６年6月27日の夕方、こうして宮城まり子と、薄い光に包まれていることに、意味があると感じていた。

なぜなら、宮城まり子は、まだ微熱がありそうなのに、ごめんね、ごめんねと言いながら、私なんかにも手を抜かずに、気を抜かずに、ありったけのエネルギーで演じてくれている。

おお、宮城まり子。おお、女優Ｍ子。と私は、そうか、これなのかも。だからねむの木学園の子供たちが、演じる女優Ｍ子に引きだされて絵を描くのかも、とそんなことが頭をよぎっていた。

愛

『ねむの木子ども美術館』を刊行したときの、宮城まり子の『願い』と題された文章だ。

『ねむの木学園と名前をつけた、とにかく、手足にハンディキャップを持ち、精神におくれを持ち、家で、家族がめんどうをみることの出来ない子が、小学校、中学校に、通うことが免除される就学猶予という法のもとに学校に行かなくてもいいことを知り、私は、自分の幼い頃からなにかを学びたいという心と、小中学校は義務教育ではないの、その義務を放棄してしまうなんて、許せない、そんな思いつめた心から、又、自分が、自立できていることの申しわけなさみたいななにか、許せない心で日本にまだ、法律もなかった障害を持つ子のお家をつくってしまった。まだ、制度もないこの仕事は、許可を得るまでが大変、そして本当に大変だったのは、こども達を受け入れたときからだったんです。

めんどうを見てもらう職員さえ、どこで、どうさがしたらいいかわからない私。町の小学校から、分教場として、何人かの先生が、来て下さるようになったことの喜びと、とまどい。特に私は幸せな自由な教育を受けていましたので、なおざりの教師への怒り、考えに考え抜いた末、事務職員も未だおちついていない時、学校の独立を考えてしまいました。

なにか一つ出来ればいいじゃないの。

心が集中すれば、なにかが出来るのじゃないの。そんな学校あってもいいじゃないの。

私の本当の心でした。

海岸に蟹がたくさんいるわけないのに、こどもから見せられた絵は、海と砂浜でした。砂浜に蟹がたくさん遊んでいました。

蟹をこの子は、見たことがない、すぐ感じました。

「蟹ね、自分で書いたの?」

きつい心の言葉でした。

「ううん。先生が二つ書いてくれて、これみたいにかきなさいっていったのよ」

それは素直な言葉でした。

私は率直に答えた子の、その頭をなでてあげながら、いかり狂っていました。

その蟹は足が六本でした。ハサミもありませんでした。目玉は少し出っぱって二つ、知恵がおくれているから、足も足りない、はさみも足りない知恵おくれの子は、数がわからないから、わざと、おくらしたのでしょうか？

「ちがうよ」

言葉になりそうになったのを、ぐっとこらえました。


人間を尊重していない……お友達の谷内六郎さんに遊びに来てもらって、私たちは、放課後、美術クラブをつくりました。砂丘とカニなんて題をつけるから、束縛されるんです。自分の思ったまま、感じたまま、谷内さんも私も同じ意見でしたので、そばで別のことをしながら絵をかく雰囲気をつくることにしました。二人とも、決しておしえませんでした。

ロックをかけたり、おかしをたべたり、ねっころがったり、それは楽しいクラブでした。今も、ねっころがってかく習慣は残っていて、大きくなった男の子が大の字にうつぶせになって大きな紙に絵をかいていると、それだけで、いっぱいになるような気がします。○と□と△これだけは、はじめて絵をかく子の基本ね。私は幼稚部の先生たちに言います。

或る日、例によって、谷内さんは、歌い、私はお菓子の支度をしていた時、花が一つ、その中にまり子さんが手を広げている絵が出ました。谷内さんも私も、デターとさけびました。そして、その後、ドンドンとこどもたちは絵をかき出したのです。

学校を、独立させて丸十数年、みなさんのすすめで、始めの頃、中頃、近頃となんとなく、わけて大切にしてある三千点あまりの絵を全部フィルムにとり、この一冊をつくりました。

もう一冊つくりたいよ、私はいいます。これ落とすのかわいそうだよ、いいんです。ふえすぎます。スタッフはいいます。ツカ見本と色校が出来た時、この本がいとおしいと思いました。この子たちの絵は、ニューヨーク、パリ、スウェーデン、スイス、イタリー、ドイツと大きな展覧会をしていただき、国際交流をしています。

「ねむの木学園は、絵の上手な子だけ選んで入学させるんですか」

そう聞かれる時がよくあります。私は、胸をはって答えます。
「いいえ、どの子もいっしょです。選んでなんかいません」
子どもたち、次から次から入園してくる小さい子も私一人で、ワァーとさけぶような絵をかき出します。無限の子どもたち、そして才能、いいですね。あなたの本箱に、ずっとおいて下さい。まり子の命と願いとありったけの愛が入っています』
私は、文章を心に集めた。

男と女

宮城まり子の声がなくなっていた。

「眠ったみたい」

と島田さんが表情で私に言った。

「電気、点けましょうか」

それも小さなゼスチャーで、島田さんは言い、

「点けなくてもいいですよ」

私も無言で返事をした。薄い光が広がっている。

突然に玄関のドアがあいて、

「黒猫ピイ」

と若い男性が奇声を発して顔を出した。

「ハイハイ、どうもどうも」
とか言った島田さんが玄関へ行き、
「今、おかあさん、おやすみよ」
と言って、若い男性をどこかへ連れていった。
「黒猫ピイ」がなんなのかわからないが、彼にとっては、意識のうちに「黒猫ピイ」がいるのが現実なのだ。

その現実とつきあうのには、演じなければつきあうことはできない。島田さんも、演じることでしか、奇声を発した彼とつきあえない。

ねむの木村というのは、ひとつの現実なのだ。ねむの木村にはねむの木村の現実があって、ねむの木村の外の現実とはいっしょにならない。

それぞれの現実があって、それぞれの現実との向きあいかたがある。ほんとうの人間とか、ほんとうの自分を追求してしまったら、きっと否定や我慢が生まれてしまうだろうから、演じなければ現実と向きあえない。

宮城まり子は女優M子なのだ。女優M子が演じて、ねむの木村と向きあっている。

向きあうことによって、女優M子は宮城まり子になるのだろう。

そんなふうに思っていると、

「うな重を頼んであるから、食べてって」

いきなり宮城まり子が喋った。

「元気だったら、いっしょに、うなぎを食べに行きたかったのに。掛川の、甚八というお店、おいしいの。おやじさんも、いい奴」

そこへ戻ってきた島田さんが、

「どうして電気点けないの。何してるのよ」

と宮城まり子に叱られてしまった。


どこへ行っても、ボスというものは、強いなぁと、私は笑った。

部屋の電気が点いた。座卓に青くて細い瓶が立っていた。

「絵から瓶を盗んできたりしたら、いけませんよ」

と私が言った。

「なあに？」

と宮城まり子がこちらに顔を向けた。

「この青い瓶ですよ。金山康喜の絵から抜き取ってきたんでしょう」

「まあ、わかった？　ごめんなさい。許してください」

宮城まり子はうれしそうに笑い、なかなか笑いが止まらなかった。

『淳之介さんのこと』という宮城まり子の本のほとんど最初に、金山康喜が出てくる。日比谷の芸術座に出演中の宮城まり子は、近くの画廊で個展をしていた金山康喜の絵に惹かれる。偶然に吉行淳之介も金山康喜の絵が好きで、買っていたのだ。

葡萄酒の瓶が並んでいる絵。たよりなげに、よく見ると、けなげに存在している静物の絵を、バーテン時代の若かった私も、画廊で見つめ、何度か金山康喜展を見に行ったことがあった。


うな重が来て、瓶ビールが出てきて、自分は今、どこで何をしているのかなぁというような不思議な気分で、ほんのりと酔いながら、うなぎを食べた。

今、どこでなにをしているのかなぁと思うのは、吉行淳之介も宮城まり子も若くて、私はもっと若くて、今も昔も、現在も過去もない感覚になっている。

「ありがとう。金山康喜の青い瓶がお話に出てきたのだから、元気が出るぞぉ」

そう言って宮城まり子がベッドから手を振り、夜9時になったころ島田さんが、学園と中庭をはさんだゲストハウスの2階へ案内してくれた。

ソファに座ってひと息つくと、テーブルにふたつのメモがあった。

『冷蔵庫に、さくらんぼが入っています。

どうぞ、召し上がってください』

というのが小さなメモで、宮城まり子の筆跡である。

もうひとつは、便箋よりも大きな用紙だ。

『やあ、吉川君、いらっしゃい。

久しぶりだね。

まり子のやつ、あんな変なもの建てて、

人を呼ぶなんて、女はいやだね。

あつかましいよ。

両手で煙草を吸ってるので、止められなかったけれど。　淳』

と大きめな文字も、宮城まり子の筆跡だった。

大昔に赤坂一ツ木通りの酒場で、バーテンダーと客として会った吉行淳之介と私だが、プロ野球選手の紙ヒコーキのチップの話を、ほんとうに吉行淳之介が宮城まり子に話したかどうかはわからず『久しぶりだね』は最大級のサービスだ。『あんな変なもの』というのは吉行淳之介文学館のことだろう。『両手で煙草を吸ってる』というのは、どういうことだろう?

しかし、いつ、この伝言を書いたのかな。私が学園の家に入ってからは、彼女はずっとベッドにいたから、私が家に入る前に書いて、島田さんが置きにきたのだ。これが、演じるということなのだと、私は思う。

宮城まり子の、女優M子の、人間との向きあいかた、自身の芸、思想である。『あつかましいよ』と言わせるのは「わたしみたいな者がねむの木学園なんて、人を救おうなんて、大それたことをしていいのかな」とよく口にする心理と重なっているのだろう。

ごめんなさい、淳ちゃん。わたしが、淳之介文学館を建てて、淳ちゃんには迷惑なのかもしれない。でも、どうしても、ねむの木村に建てたかったの。ごめんなさい。

それが『女はいやだね』というわけだろう。

私はソファで、ずいぶんとぼんやりしていた。ぼんやりしながら、頭の中には、『金がないと困るからである。生きてゆくとは、まったく厄介なことである』吉行淳之介の書いた文章が浮かんでいた。

恋愛時間

あくる日、朝7時、たくさんの人たちが中庭に集まってきて体操をする。よく晴れていて、その光景を私は、2階の窓から眺めていた。みんながみんな同じ動きというわけにはいかず、植え込みに身体をあずけてしまう者、まるで体操をする気のない者、職員の手をわずらわせている者、動きはさまざまだ。

朝食時間が終わるのを待って、工作室や理科室や家庭科室をのぞかせてもらった。障害を持つ人たちと朝の挨拶を交わすたび、あなたはどんな現実と向きあっているのですか、と質問されているように感じて緊張してしまった。

生徒たちのひとりひとりの現実と向きあっている職員たちも、やはり演じるという意欲が必要なのだろう。

その朝、

「森の喫茶店ＭＡＲＩＫＯへ行こう」

と、宮城まり子はすこぶる元気に外へ出てきた。

園長の家の前を通りかかった、職員が運転する小型車を停め、助手席に宮城まり子が乗った。後部座席にはふたり乗っていたので、私が乗って満員。走りはじめた車の前を、若い太った女性が歩いていた。窓を開け、どこまで行くのか聞いて、

「乗りなさい」

宮城まり子が言った。

「おかあさんといっしょでいいよね」

「ハイ」

太った女性が宮城まり子の膝の上に乗ってくるのだった。うしろから見ると、宮城まり子は女性を抱きかかえているようだが、ほとんど潰れている。

ああ、こうして宮城まり子は、女優Ｍ子は、無数の子供たちのお母さんになって、ねむの木学園を育ててきたのだ。

森の喫茶店ＭＡＲＩＫＯから桜木の池が見える。桜や栗の木に囲まれた大きな池だ。

「この池が気に入って、ここにねむの木村を作りたくなったの」

「よかったなぁ、元気になって」

「しぶといね、わたし」

と宮城まり子は、フフ、フフフッと笑った。


昨夜の「吉行淳之介の伝言」はうれしかった。と礼を言おうか言うまいか迷って、言わなかった。言うと、なんだか、せっかく演じてくれた宮城まり子のやさしさを、野暮ったくしてしまいそうな気がした。


コーヒーを飲み、パスタを食べる。

ひそひそと音楽が鳴り、喫茶店で働く女性は奥にいていっさい音をたてず、景色に包まれて宮城まり子と私だけが、あふれそうな光の中にいる。

宮城まり子がどう思うかは関係なしに、こうした時を、恋愛の時間、と思ってしまおう。それが人生の意味、しあわせなのだと感じている。

「吉行が好きで、吉行しか読まない友だちの大工は、吉行と恋愛をした宮城まり子というのはどんな女かと、ねむの木の子供たちの美術展へ行って、宮城まり子を見たらしいんですよ。

それでね、油絵で、宮城まり子を描いたんですよ、その大工。

彼、子供のころに絵を描くのが得意だったけど、油絵を描くなんて、あとにも先にも、一度きり。その絵の題名が、女優M子。

ほんめつとむやむらまつきよみ、やましたゆみこやほんめとしみつ、ねむの木の子供たちの絵に触発されて、女優M子を描いたらしいんです」

と、もちろん黙って、心の中で言ってみた。

テントウムシ

木陰の道で風に吹かれながら、池のほとりへ歩いた。ベンチに座って、水面に映る樹木を眺めていると、ネクタイをしめた男がやってきた。建設会社の人で、汗だくである。

「あなたね、ネクタイをはずしなさい。ほかのところは、そうしたほうがいいのかどうか、わたしは知らないけど、わたしに会うのに、ネクタイをして暑苦しく汗をかいているのは、ムダ。暑かったら、シャツも脱いでいいの。ちがう？　そんな、汗びっしょりになって、名刺をうやうやしく出されても、わたし、こまる」

「いえいえ」

男はしわくちゃの小さなハンカチで顔をこすり続けた。

そこに車が停まった。

「やあ、こんにちは。やあ」

車からおりてきた人を、私は雑誌か新聞の写真で知っている。

建築家の藤森照信さんだった。新たに、ねむの木こども美術館を建設中で、藤森さんの設計なのである。

藤森さんと宮城まり子の話は簡単に済んで、池のすぐ近くの吉行淳之介文学館の、庭に面したソファへと移った。

小高い雑木林を背景にした庭に、夏の光が満ちている。


「淳ちゃん、チューリップの花が、嫌いだったなぁ」

突然のように宮城まり子が言った。

私はなにも言わなかった。

宮城まり子も黙った。次になにを言うのか、楽しみに待った。

「淳ちゃん、死んだら、骨を、モナコの海にまいてくれ、と言ったけど」

どう反応していいのかわからなくて、私は黙ったままだったので、それは宮城まり子のひとりごとになった。

庭を小鳥が横切ったので、

「ああ、朝、ツバメが」

と私が話を始めた。

「朝、体操を窓から見ていたら、ツバメがすいすい、あちこちから飛んできて、飛びまわって、車イスで体を動かしている人の上空を、凄いスピードで通過して、ドラマティックだったなぁ。

そう、体操をする人たちのTシャツの色、ムラサキや黄色や黒や赤が、でっかい蝶みたいに見えました」

こんどは宮城まり子が黙っているので、私のひとりごとになった。

これでいい。こういう会話もあるのだ。たぶん、宮城まり子も、女優M子も、そう思っているにちがいない、と私は勝手に決めた。

「千の悲しみって、あるよね」

宮城まり子は手を宙に置き、

「小さなかわいい手」

ふふふ、と笑い、

「淳ちゃんにしか、触らせないの」

と、なんだか得意げに言った。

そこで私に、どんな言葉があるだろう。黙るしかない。

「淳ちゃんが好きになったのよ、わたしを。わたしが先に惚れたんじゃなくて、淳ちゃんがわたしに惚れたんだから」

という宮城まり子のセリフにも、私は黙るしかない。


「前科100犯の人に惚れられたみたいだったなぁ」

「前科も100犯ともなれば、純情だ」

と私が言った。

「テントウムシ」

宮城まり子は全世界へ届けたいのか、声は小さかったが、心の奥深いところから言ったようだった。

映画『ねむの木の詩』の主題歌で、宮城まり子の作詞作曲「テントウ虫のテーマ」がある。

『テントウムシ　テントウムシ　テントウムシ
ぼくの好きなテントウムシ
テントウムシ　テントウムシ　テントウムシ
ぼくの大事なテントウムシ
テントウムシ　テントウムシ　テントウムシ
ぼくの見つけたテントウムシ
テントウムシ　テントウムシ　テントウムシ
ぼくの小さなテントウムシ
テントウムシ　テントウムシ　テントウムシ
ぼくのいたずらテントウムシ
テントウムシ　テントウムシ　テントウムシ
ぼくのかわいいテントウムシ
ある日、ある朝、雨の日に

ぼくのテントウムシ死んじゃった
ぼくの心も知らないで　ぼくの悲しみ知らないで
テントウムシ　テントウムシ
なぜ死んだ　お墓を作ってあげたけど
ぼくの心を知ってるかい
ぼくの悲しさ知ってるかい
おまえはバカだよ　テントウムシ
テントウムシ　テントウムシ　テントウムシ
ぼくの好きな　テントウムシ』

頭の中で歌詞をなぞって、

「テントウ虫って、吉行淳之介のことでしょう？」

と言ってみようとしたら、

「なにかというと、マージャン行ってくる、って言って出かけて行ったわ。どこへ行っても、ここへ帰ってくるから、って、思ってた」

そう宮城まり子は、私にではなく、言った。

そのとき、宮城まり子は79歳。79歳だけれども、恋をしているし、恋を演じているし、とも思った。

「ねむの木の子どもたちが、上野毛の家に来たこともあったなぁ。階段で、ドスンドスンと子どもたちが遊んで。淳ちゃん、寝ていられなくて、起きてきて、おい、まり子くん、おれ、朝まで原稿を書いてたんだぞ、って」

宮城まり子は、言葉で旅をしているようだった。


「子供のころ、宮城まり子は、東京で育ったんですよね」

と言ったが、どうやら私の頭の働きも、順序を失くしていた。

「そう。9歳まで、蒲田。蒲田の女塚」

「蒲田の女塚で、小学校行きました？」

「行ったよ。先生がこういうことをやってくれればいいのにって思ってるのに、やってくれないから退屈してた。

少し大きくなって、やさしい人がいないなぁ、かなしい人がいても、つらい人がいても、助けてあげる人がいないなぁって思ってたな。

どうしてかな、どうしてかなって考えてみたら、わかったの。

人って、誰かの、かなしいとか、つらいとか、気づこうとしないのね。

気づくと、自分もかなしくなるし、つらくなっちゃうから」

そう言って宮城まり子は、アハハアハハ、アハハアハハと、声を立てて笑った。歌うように笑ったなぁ、と私はその姿を見つめた。

それからずいぶん、私も宮城まり子も、吉行淳之介文学館の静寂にひたって黙りこんだ。誰も入ってこないので、静けさが、しっかりと静寂だった。

命日

7月に入ってすぐ、宮城まり子から白い角封筒の速達がきた。

『本年七月二十六日の吉行淳之介さんのご命日は　世を去られて十二年目　仏事でいうところの十三回忌にあたります

この機会にいま一度だけ　吉行さんを偲ぶ会を開きたいと思い立ち　ご案内を申し上げる次第です

十年一昔といいますが　この間　吉行さんの謦咳に接した方々も　ずいぶん世を去られました　我々世話人もお世話できるのは　これが最後かもしれません

吉行さんを偲んで皆様で久しぶりに酌み交わしていただければ幸いと存じます』

という世話人の文である。日時は7月25日火曜日、場所は帝国ホテル本館4階桜の間だ。

読んで、7月25日、と思いめぐらせた。たしか、宮城まり子の母親の命日ではなかったか。何を読んでか記憶にあった。宮城まり子の本を何冊かめくり、『続ねむの木の子どもたち』の「ヴァルナ映画祭から帰って」に、「亡き母への手紙」と副題のついた一文に書いてあるのを確かめた。

『七月二十五日、あなたの命日ですね』の一文を探しだした。

次に私は、世話人の「謦咳《けいがい》に接する」を辞書でひいた。「謦咳」はせきばらい、しわぶき、「接する」は面会をすることの敬称、お目にかかる、である。

バーテンダーと客の関係だったが、謦咳に接した、と言えるだろうか。案内状はうれしい。でも、私の出る幕か、と考えていると、

「出て」

と宮城まり子から電話がきて、行こうと決めた。

居酒屋の隅っこでの、ベンさんとの女優M子研究会。

「おれ、黙ってたけど、これ、大事にしてるんだ」

ベンさんが新聞の切り抜きを出した。

『七月二十六日に七十歳で亡くなった作家吉行淳之介氏の遺体が二十八日、家族や友人、ファンに見送られて、東京都世田谷区の自宅を後にした。故人の遺志により、葬儀・告別式はしない代わりに、出棺を見送るという簡素なお別れである。

午後一時ごろから、玄関前に飾られた遺影の前で、ファンが手を合わせる。家の中では、居間に安置された吉行氏に柩のかたわらで、長年のパートナー宮城まり子さん、母吉行あぐりさん、妹の女優吉行和子さん、作家理恵さんらが付き添い、次々に訪れる知人たちとの別れを見守った。

祭壇も音楽も、焼香も献花も、式辞も一切なかった。自宅前には、花輪ではなく、ファンと報道陣が列をつくった。喪服ではない人が目についたのも、何かにつけ大げさなことが苦手だった吉行氏にふさわしかったかもしれない』

という記事のほかにも、

『都会的な感覚と洗練された文章で孤独な男女の性を描き、人間存在の深みを探ってきた作家で日本芸術院会員の』

という書きだしの、グラスを手に笑顔の吉行淳之介の写真のある記事も、ベンさんは持っていた。

「おれさ、クソみたいな大工じゃん。でさ、この新聞記事を切り抜いてから、孤独ってのがイレズミみたいになっちゃって、今日もさ、天井の板を張りながら、おれの孤独ってドンくさいよなぁって、ちょいとひと息、手が止まっちゃったよ。友だちもいねえし、女もいねえし、ひどいよね、このさっぱり加減。笑っちゃう」

ベンさんはビールを飲んだ。

「イングマール・ベルイマンという映画監督がいて、女はわからない、知りたいから女を描くとか言って、5回も結婚して、映画作って、引退して、バルト海の島だかに隠れちゃって、自分で選んだ孤独には耐えられるものだ、なんて自伝にも書いてる。ベンさんも、自分で選んだ孤独だろ？」

そう私が言うと、

「でもさ、吉行にしたって、その映画監督にしたって、女とうまいことといったんだよなぁ。おれ、ガキ育ててるだけ。この孤独、ひどいぞ。残酷だよ」

と、けらけらっと笑った。

「で、ひと言で答えてよ。どうして吉行が好きなんだい？」

私が聞く。

しばらく考えこんでベンさんは、

「はずかしがり屋で、スケベに頼る男だから、共感するわけ」

と、簡単に答え、

「本当はそうじゃなかったとしても、おれの吉行は、そういう男だから。おれはそこに着地してるから、それが答え」

自信ありげな声で言った。


「ねむの木村のゲストハウスに、あんな変なもの建てて、人を呼ぶなんて、女はいやだね、あつかましいよ、と書いた手紙が置いてあったんだ。宮城まり子が吉行淳之介のふりをした手紙」

という話をした。

「あんな変なものって?」

「吉行淳之介文学館のことだろう」

「それを建てたのを、M子は気にしているってこと?」

「たぶん。なにに対してかというのはわからないけど、ねむの木村に吉行淳之介文学館を自分の手で作ったのは、なにかに対して勝ちたかったのかな、と思うんだよ」

「ちょっと聞いていい？」

「なにを？」

「あのさ、宮城まり子、女優M子に会っていて、怖くない？　おれなら、怖いみたいな気がする」

「怖いよ。怖いというのは、こっちも演じるという熱がなければ、女優M子と時間を過ごせないと思うもの」

「ああ、ああ、ああ」

ベンさんの目が大きく開いた。

「わかった。吉行も、演じる人生だったんだ。で、女優M子と波長が合ったんじゃない？

にしても、ずるいよな、吉行は女にモテたんだもんなぁ。

おれなんか、たとえ演じたとしても、ただのズルとしか扱ってもらえない」

「ま、おたがい、死ぬまで生きていくべよ。ただのズルでも仕方ない」

と、私は言った。

「宮城まり子に、ベンさんの絵、女優M子の絵の話、したくて仕方ないんだけど、まだ、言えないでいるんだ」

「言わなくていいよ。嘘になるから」

と返事がきたので、

「嘘になるって、どういうこと？」

そう私が聞いた。

しばらく黙って、居ずまいを正すようにしたベンさんは、

「あれは、宮城まり子だけを描いたんじゃないわけよ。描くきっかけは宮城まり子を見たからなんだけど、あの絵を描きながら、ふたりも子供を産みながら、その子供たちからも逃げていった女のことも、ずっと頭から離れなかった。

だからあの絵、宮城まり子と、おれを裏切ってくれた女も、そのあとに子供を産んで別れた女も、ごちゃまぜになってる絵なんだ」

「そうか、そうなるか」

「でもね、何日か前、現場で昼めし食いながら、おもしろいこと考えた。

おれが描いた女優M子を、ねむの木の子たちの美術展があるとき、こそっと忍びこませてさ、ほんめつとむや、やましたゆみこや、ねむの木の子の絵と並べて置く。宮城まり子がそれを見つけて、この絵、誰の絵？　初めて見た、って驚く。それ想像し

たとき、めずらしく、ドキドキしちゃったよ」

「すばらしい出来事」

と私が言い、

「ねむの木の美術展のパンフレットに、弱い子をいじめる子、自殺を考える子に見てほしいとか書いてあったけど、どこぞの馬の骨の大工、女に赤ん坊をふたり置き去りにされた男にも見てほしいって、つけたしてほしい」

ベンさんは笑い、

「そのハプニング、宮城まり子は喜んでくれそうだなぁ」

と、私も笑った。

小鳥

朝日新聞（２００６年8月17日）の夕刊に「単眼複眼」という欄があり、編集委員・由星幸子が書いた。

『今年が13回忌の作家吉行淳之介さんを偲ぶ会が、パートナー宮城まり子さんや妹の和子さん、友人ら80人が集まって都内で開かれた。

作家阿川弘之さん（85）が長い交遊をふりかえった。「吉行とは『碁敵は憎さも憎し懐かしし』という川柳のような関係。会えば花札をひいたり、マージャンをしたり、約40年、三日にあげず続いた。次男が小学生の時、吉行のおじちゃんも作家なのねと尋ね、吉行がびっくりして、今まで僕のことをばくち打ちとでも思っていたのかね、と言ったことがあった（笑い）」

阿川さんは最後に口調を変え、5月に亡くなった芥川賞作家吉行理恵さんにふれた。

「兄の思い出を書いた『靖国通り』の続きが、書きあげられなかったが原稿は残っているそうでして、なんとかこれをまとめて本に残したい」

作家丸谷才一さん(80)は、故山口瞳さんのエッセーに、吉行さんとの対談集のあとがきの題「吉行さんのいない銀座なんて」を吉行さんに「あとがき」と無断で直された話があると紹介した。「自分がこの世にいないみたいと思ったのかもしれないが、この題は実にうまい。吉行淳之介という華やかな人物と、銀座という華やかな空間を衝突させ、しかも否定でとらえ、哀愁と寂しさと空虚感であの作家の風格や色気を浮かび上がらせる。銀座に行かなくなった晩年も、吉行さんは銀座という地名で象徴される遊び心や社交性を大事にしていた」

京都から駆けつけた作家瀬戸内寂聴さん(84)は吉行さんが宮城さんとの初めての外国旅行で一足早く帰るとき、パリの空港で熱烈なキスをした話を披露。「いざとなったらそういうことのできる大胆な人だなぁと思いました。吉行さんは女にもてて大変でしたが、それを全部小説に書いて元をとって、幸せな方でした」

友人たちはもう80代。同じ（第三の新人）で親しかった安岡章太郎（86）は出席せず、ワインが届いた。元編集者たちが呼びかけたしのぶ会は今回が最後。篠山紀信さん撮影の遺影に参加者は名残を惜しんだ』

私はそれを読んで、その会の帰り道、むかしむかし、吉行淳之介の謦咳に接した酒場があった一ツ木通りを歩きに行ったことを思いだした。その店はなくなっていて、一ツ木通りもむかしむかしとは、まるで変わってしまったが、カウンターをはさんで黙っていた吉行淳之介のいる空気は吸えたような気がした。

「おすまししちゃってさ、格好つけちゃってさ、憎たらしい男よね」

会の何日かあとの、宮城まり子の声も思いだす。遺影のことを言ったのである。

「あの晩、みんなが帰ったあと、泣けたわ。悲しかった。

泣いてるうちに、くやしくなって。

何がくやしいのかなぁ？

くやしいのか、悲しいのか、わからないけど泣いてた。

ちょっと眠って、それで、新潟へ行ったの。ねむの木のお仕事で。

がんばるなぁ、死んじゃうぞって、淳ちゃんの声がして。
声がするのに、いないのって、なんなの?」
宮城まり子の声は、小鳥のさえずりのようだった。

［引用文献］

『ねむの木の子どもたち』 宮城まり子 （講談社文庫・1981）
『続ねむの木の子どもたち』 宮城まり子 （講談社文庫・1981）
『ねむの木子ども美術館』 宮城まり子監修 （毎日新聞社・1983）
『淳之介さんのこと』 宮城まり子 （文芸春秋・2001）
『ねむの木と子どもたちとまり子』 宮城まり子編 （ねむの木学園・2005）
『吉行理恵詩集』 吉行理恵 （晶文社・1970）
『暗室』 吉行淳之介 （講談社・1970）
『「暗室」のなかで』 大塚英子 （河出書房新社・1995）
『軽薄のすすめ』 吉行淳之介 （角川文庫・1972）
『吉行淳之介による吉行淳之介 試みの自画像』 吉行淳之介 （青銅社・1983）
『原色の街』 吉行淳之介 （新潮社・1956）
『鳥獣虫魚』 吉行淳之介 （集英社版日本文学全集・1962）
『私の文学放浪』 吉行淳之介 （冬樹社・1971）
『愛情69』 金子光晴 （筑摩書房・1968）
『人間の悲劇』 金子光晴 （創元社・1952）
『暗室』 吉行淳之介 （講談社・1970）
『夕暮れまで』 吉行淳之介 （新潮文庫・1982）
『やわらかい話』 吉行淳之介 （講談社文芸文庫・2001）

吉川良

よしかわまこと

1937年、東京・神田生まれ。作家。大学中退後、バーテンダーとして各地を転々。また、薬品会社で営業職のかたわら、コピーライターとしても活躍。78年『自分の戦場』で、第2回すばる文学賞受賞。翌79年『八月の光を受けよ』で芥川賞候補、『その涙ながらの日』で2度目、80年には『神田村』で3度目の候補となった。その後は、プロ野球や競馬にまつわるさまざまな人間模様を独自の視点で描き、高い評価を得る。99年『血と知と地・馬・吉田善哉・社台』で、JRA馬事文化賞を受賞。以後も、人間味あふれる視座で、新聞・雑誌のコラムやエッセイ、評伝などを描き続け、根強い人気を誇っている。

装　　丁　轡田昭彦＋坪井朋子
カバー写真　若月英生
協　　力　ねむの木学園

女優M子
宮城まり子と吉行淳之介

著　　者　吉川良
発 行 日　2021年11月30日　第1刷発行
発 行 人　安藤拓朗
発 行 所　株式会社 集英社
〒101-8050 東京都千代田区一ツ橋2-5-10
電話　編集部 03-3230-6205
読者係 03-3230-6080
販売部 03-3230-6393（書店専用）
印 刷 所　大日本印刷株式会社
製 本 所　ナショナル製本協同組合

ISBN 978-4-08-790056-9 C0093

JASRAC出 2108835-101